임성규 시집
파도여

국립중앙도서관 출판시도서목록(CIP)

파도여 : 임성규 시집 / 지은이 : 임성규. -- 서울 : 한누리미디어,
2017
    p. ;   cm

ISBN 978-89-7969-740-7 03810 : ₩10000

한국 현대시 [韓國現代詩]

811.7-KDC6
895.715-DDC23   CIP2017009965

임성규 시집

파도어

한누리미디어

사랑하는 시에게

시를 쓴다는 것이 내게는 유일한 길이었다
세상의 동선과는 전혀 다른 적막에서
나를 찾았고 지쳐 쓰러지기 직전에서
시는 나를 달랬으며 조금 더 함께 가자고 일으켜 세웠다
고마운 친구였다
멀리 있는 벗에게 주절주절 속내를 말하는 것도
부끄럽고 초라해지니
시가 가만히 다가와서 나를 보고는
말없이 등을 보이며 먼저 험한 길을 닦아놓았다
가끔은 서로의 견해차이로 심한 갈등에
머릿속이 하얘지기도 했으나 그때마다 시는 양보하며
나를 기다려 주었다
시는 내게 신앙이었으며 마음의 벗이고
함께 가야 할 동료였다
백지 상태에서 푸른 초원이 펼쳐질 때마다
내면의 기쁨은 어떤 말로도 표현 불가능하고
그로써 시의 길은 더욱 깊어졌으며
나는 가만히 눈을 감아야 했다
몇 번의 고뇌 속에 시집을 내지 않으려고

8

미루고 또 미뤘으나
지인 몇 분의 권유로 생각을 접었다
미안하다, 시여
부끄러운 내면을 드러내 어쩌자구 세상의
눈을 피곤케 하려는지 심히 죄송스럽다
동료이자 존경하는 김태순 시인님께
고마움을 표하고 서울 영섭이 친구 묵묵히 응원해 주었고
명규 형님도 힘을 불어 넣어 주셨다
끝으로 가족에게도 고마움을 전하고 싶다

9

차례 Contents

제**1**부   가보지 못한 길

제2부 꽃이 필 때면

차례 Contents

제**3**부　연어의 꿈

제 4 부 쉰 날의 깊이

차례 Contents

제 5 부　낙타를 키우리라

임성규 시집

제6부 대숲에 서서

차례 Contents

제 7 부 노인의 폐지

| 임성규 시집

주지적(主知的) 서정(抒情) 언어와
삶의 진실(眞實) 추구
− 임성규 시집《파도여》의 시세계

洪 潤 基

日本센슈대학 대학원 국문과 문학박사
한국외국어대학 외국어연수평가원 교수
국제뇌교육종합대학원대학교 국학과 석좌교수(현)

무엇 때문에 우리가 시를 쓰는가. 그것은 두 말할 것도 없이 시를 통한 삶의 진실을 추구하는 부단한 문학의 작업이기 때문이다. 그러한 사실을 시인 임성규는 이번 시집을 통하여 제대로 보여주고 있는 것 같다. 독일의 심미적 서정시인 라이너 마리아 릴케(Rilke, Rainer Maria, 1875~1926)는 장미가시에 찔려 세상을 등졌다고 한다. 어째서 그가 장미가시에 찔려 죽었다는 것인가. 필자는 임성규의 〈연어의 꿈〉을 읽으며 릴케가 연인을 위해 장미꽃을 꺾다가 장미가시에 찔려 가시의 독 때문에 파상풍으로 신음하다 세상을 떠났다는 사랑의 순교적인 발자취를 연상해 보았다. 그 발자취를 연어가 고향땅 그리운 강물로 돌아온다는 순교적 회귀 본능에 빗대어 보기로 한다.

돌아온다
험난한 여정으로 지쳐 쓰러지며
기를 쓰며 돌아온다

어떤 장애도 개의치 않는다
기쁨 이후의 어떤 슬픔도 받아들이며
피하지 않는다

운명의 사슬
끊을 수 없기에 우리는 수많은 세월
아파했는가
인연과 사랑, 만남, 헤어짐
인생은 기나긴 암묵의 사슬이었다

연어의 사체가 널려 있다
끊긴 사슬 위로 태양이 빛의 연주를 시작한다
경건한 무음에 물도 소리 없는 곡으로
예를 갖춘다

우리의 끊김은 어떤 자연이 할애할까
흐린 날과 빗소리로 담아둘까
까마귀의 곡으로 기억할까

겸허해지자, 한 인간으로서

– 〈연어의 꿈〉 전문

생물인 연어의 꿈은 고향 강물로 돌아와 새끼들을 낳고 자연으로 돌아가는 일이다. 심미적 서정시인 릴케는 지성을 가진 인간이기에 스스로의 사랑의 기쁨을 누리며 장미가시를 택하고 그 고통을 극복하며 끝내 자연으로 돌아갔다. 임성규 시인은 연어의 귀향을 "어떤 장애도 개의치 않는다/ 기쁨 이후의 어떤 슬픔도 받아들이며/ 피하지 않는다"고 연어의 순교적인 회귀 본능을 주지적(主知的) 서정(抒情) 언어로써 승화시키고 있다. 시인 릴케를 떠올리기 전에 그를 하나의 인간으로서 '사랑의 시적 진실'을 추구하여 시로써 참답게 한 편의 시를 형상화시키느라 간단없이 장미꽃밭에서 장미를 어루만졌을 것을 연상해 보면 어떨까.

릴케는 "시인의 작업은 언제나 생의 중심에서 빛나는 시혼(詩魂)을 담는 일"이라고 했다. 임성규는 "우리의 끊김은 어떤 자연이 할애할까/ 흐린 날과 빗소리로 담아둘까/ 까마귀의 곡으로 기억할까// 겸허해지자, 한 인간으로서"라고 오랜 날 고역스러웠던 인간의 마지막 역정을 이렇듯 숭고하게 수용하자고 한다. 머나먼 바다로 떠났다가 험난한 물결을 헤치며 끝끝내 신고롭게 고향 강으로 회귀하는 연어. 그리고 우리들 고등동물인 인간을 대비시켜 보는 것도 결코 무의미한 것은 아니라고 보련다.

여기서 시인 임성규가 이 작품을 쓰게 된 모티프(동기)를 잠시 탐구해 보자. 우리가 시를 쓰게 될 때 그 모티프는 어디서 찾아와 주는가. 그것은 전혀 예상치 못한 경우가 허다하다. 프랑스의 시인 폴 발레리(Paul Valeri, 1871~1945)는 "詩의 첫행은 神이 써주고, 둘째 행부터는 시인 스스로가 쓴다"고 했거니와 그렇다면 임성규의 〈연어의 꿈〉에서 첫행 "돌아온다"는 神이 써주었고, 둘째 행 "험난한 여정으로 지쳐 쓰러지며/ 기를 쓰며 돌아온다"

부터는 임성규가 쓰게 되었다는 얘기가 되는 것인가.

밤비에 추위가 내몰리자
느닷없이 봄이 깊어졌다

남녘에서 서서히 채비를 갖추던
예전 꽃들이 아니었다
매화가 완행열차를 타더니
산수유 달음질하고 개나리 헐레벌떡
진달래 열화 같은 성미로
목련의 숨죽임은 한 순간의 뜨악
벚꽃 지리발광으로 후끈 달아올랐다

분명 모순이다
여인의 신비는 보일 듯 말 듯인데
저리 미친 계절이
활짝 벗고 덤빈다

어느 미에 취할까
춘향이, 애향이, 매향이
감상에 젖기에는 '섬뜩'
경고 장단이 두드려진다

— 온난화란 말이야, 이 화상아
— 어디 쓸데없이 꽃타령이야
정신 차려, 이놈들아

두두둥둥, 더더더더 덩기덩, 땡
- 〈봄이 어우러졌다〉 전문

과연 봄이 어우러진 것인가. 아니면 오늘의 계절은 광란(狂亂)인가. 시인 임성규의 문명비평의 시각은 이른바 오늘의 고도산업화(高度産業化) 과정에서 인간의 참다운 가치가 결코 파괴되어서는 안 된다는 데서 강렬하게 저항한다. 매스프로덕션이라는 대량생산 시스템은 이미 20세기부터 대량학살이라는 가혹한 파괴로 이어지며 오늘의 21세기까지 오지 않았는가. 그러기에 시인은 "－온난화란 말이야, 이 화상아/ －어디 쓸데없이 꽃타령이야/ 정신 차려, 이놈들아/ 두두둥둥, 더더더더 덩기덩, 땡" 하고 강렬한 항거의 목청을 드높인다. 아니 인간의 순수한 권리를 지켜야겠다는 의지가 번뜩이는 주지적 저항의 서정시로써 형상화시키고 있다. 그러나 오늘의 한국시단을 둘러보면 좌파들의 경우, 시의 주제가 엉뚱하게도 이데올로기의 관념적인 도구가 되거나 어떤 목적이나 방법으로 이용당하는 우를 범하고들 있다. 붓을 든다는 것보다 어떻게 붓을 놀려야 하는 것인지 임성규는 멋들어지게 제시해 주는 것 같다.

시는 운문(韻文)으로 이루어지는 게 기본이다. 운문이란 운율(韻律)을 가진 글, 즉 '노래'이다. 영시(英詩)에서는 운문을 'Verse'로써 표현하고 있다. 즉 시가(詩歌)가 곧 'Verse'이다. 그러니까 서정시란 '서정적인 노래'라고 풀이하면 큰 잘못이 없다. 더구나 시의 본질에서 결코 빠뜨릴 수 없는 것이 서정(抒情)이라는 사실이다. 그러나 그것이 낭만적 서정이 아닌 주지적 서정이어야 한다는 사실을 우리는 잊어서는 안 된다는 것을 임성규가 제시하고 있다.

겨울이 머물던 자리에
오래 전 그대가 피었다

여운이 그리 길도록 숨죽였을
옷매무새가 붉다
눈시울일까

지금 피는 것은
온 정열의 기도 덕분
비로소 그대를 만난다
아팠던 선혈이 선율로 바뀌는 순간
환호를 억누른다

그만큼 인내했으리라
화려한 만남은 헤어짐의 아픔을
견디지 못하노니

한 순간의 꽃의 단절은
나를 지킬 자신이 없어서다
문득 너의 기억
붉게 저물어 간다

- 〈동백 · 1〉 전문

삶의 아픔 〈동백 · 1〉은 삶의 진실 추구의 적극적인 시도인 것
같다. "지금 피는 것은/ 온 정열의 기도 덕분/ 비로소 그대를 만
난다"는 메타포는 화자의 이상을 자신의 내부로 받아들여서 객

관적으로 창작 발상하는 초자아(超自我)의 시세계 형성이다. 프
로이드(Freud, Sigmund, 1856~1939)는 "인간 개인의 개성(퍼스낼
리티)에는 3개의 가면(假面)이 있는데 초자아야말로 참다운 제3
의 가면이다"라고 지적했다. 누구든지 그와 같은 관점에서 "아
팠던 선혈이 선율로 바뀌는 순간/ 환호를 억누른다"는 임성규의
저항적 초자아의 개성적인 시세계에 접근하면 좋을 것 같다. 그
렇다. 고통 없는 삶의 무가치성은 새삼 논할 것이 안 된다는 의
식의 응결, 새로운 개성적인 시를 보여주는 것이 곧 현대시의 새
로운 가치 창출이다. 오늘의 시는 인고 속에서 삶의 가치를 창출
해내는 일과 마찬 가지로 새로운 콘텐츠를 창출해내야 한다는
것을 잘 보여주는 역편(力篇)이 바로 임성규의 〈동백 · 1〉이다.
이 작품은 한국시단의 병폐인 어제까지의 낡은 사고와 지루한
유어(類語) 반복의 되풀이 시작법을 훨훨 털어버리고 새로운 이
미지의 빼어난 메타포로 창작되어야 한다는 것을 본보기로 제
시하고 있는 것이다.

밀려오는가
어디를, 누구를 위해 오는가
어두웠던 이 땅
숨 죽였던 이 땅
깨우려고 오느냐

그래 저 거대한 절벽을 때리고 또 때려
모래가 되도록
그리하여 가장 낮은 자의 겸허로
오려무나

저벅 저벅 발자욱들
천천히 어둠을 걷고 평화의 여명으로

아, 아침이 오리오
다 함께 맞잡은 손
사랑의 합창

오너라, 파도여
절벽이 무너져 모래가 되도록
그 함성 평화의 발자욱이
온누리에 찍히도록

이 땅의 염원
들불처럼 피어나리라

- 〈파도여〉 전문

위 시 〈파도여〉는 흥미롭게도 시 전편(全篇)을 도치법으로 처리함으로써 독자를 즐겁게 해 주고 있다. 화자는 세련된 시어구사로 '파도'라는 존재를 의인화하는 테크닉(기교) 구사로 "오너라, 파도여/ 절벽이 무너져 모래가 되도록/ 그 함성 평화의 발자욱이/ 온누리에 찍히도록// 이 땅의 염원/ 들불처럼 피어나리라"고 하여 오브제(objet, F)를 역동적 서정미로써 능란하게 승화시켜 일체화시키는 표현 수법이 뛰어나다. 전편적으로 볼 때, 의식적으로 대상을 변형 과장시켜 묘사하는 데포르마시옹(deformation, F)이 아닌 현대 서정시로서의 자연적인 시적 네오폴리(neopolis, Gr) 수법을 유감없이 발휘하고 있다. 21세기의 현

24

대시는 이제 구시대의 진부한 낡은 시적 사고의 틀을 과감하게
깨뜨리고, 세련된 일상어에 의한 이미지의 심층 전환 수법을 새
롭게 요청하고 있다. 그러기에 풍자적인 메타포(metaphor)의 기
교 또한 뛰어나야만 한다는 것을 잘 보여주는 한국 현대시의 가
편(佳篇)이다.

> 당신이 누웠다
> 흔들릴 뿐 꺾이지 않던 긴 여름
> 뒤로하고
> 살찜을 버렸던 이유마저 거부한 채
> 뉘어졌다
>
> 세월의 명령
> 계급은 없다는 것
>
> 땅은 모든 질서의 평화
> 푸르른 날, 새의 둥지, 거미의 집
> 땅의 관용은 삶이나
> 그저 하찮은 흙이라는
>
> 늙은 갈대는
> 태양, 새, 곤충이 떠난 비통을
> 뿌리로 간직한다
>
> 더욱 성숙하리라
> 이별이 깊어져 한을 다스린

내일
큰 너털로 오리라

위 시 〈갈대〉는 시를 빚어내는 투영(投影)과 저항의지의 새로운 시 형상화(形象化) 양식(樣式)을 도입하고 있다. 그렇다. 〈갈대〉는 인간의 삶의 양식에 대한 심도 있는 규명을 하는 독특한 시의 표현 수법으로 독자를 압도하고 있다. "늙은 갈대는/ 태양, 새, 곤충이 떠난 비통을/ 뿌리로 간직한다// 더욱 성숙하리라/ 이별이 깊어져 한을 다스린/ 내일/ 큰 너털로 오리라"라는 삶에의 성실성이 짙은 서정을 바탕으로 지상(地上) 인간의 대업이라는 눈부신 대기(大器) 형성이 지성과 융합된 메타포는 자못 괄목할 만하다.

필자는 여기서 '시는 희망으로 넘치는 용기(容器)'라는 말을 덧붙이련다. 단순한 기호에 불과한 언어를 이렇듯 고양된 이미지의 그릇(용기)에 담아낼 때, 21세기 한국현대시는 긍정적으로 온갖 가능성을 줄기차게 이루어 나가게 되리라 믿는다. 그러기에 〈풀〉로 유명한 김수영(1921~1968) 이래로 저항의지가 투영된 이 작품 역시 주목의 대상이 된다고 본다. 사족을 붙이자면 필자는 대선배 김수영 선생과 함께 명동의 한 주점(르네상스)에서 몇 번인가 술잔을 기울였던 일이 있다. 그는 당시 수유리에 있는 자신의 양계장에서 병아리를 키우며 살고 있었다.

내가 걷는 보리밭은 다 늙은 보리다
하여 청춘은 덧없어라
지금 잘 익은 보리 이삭과 티격태격

한 시절을 누벼본다

보릿고개도 있었다
미덥잖은 꿈도 있었다
풋사랑도 지나쳤고 내 아이들은
청보리밭 너른 길을 노 젓는 중이다
노고지리도 있었다
그만 누빈 신발에서 비명이 흘러나온다
꿈이 떠난 것이다

땀이 이마와 등을 흥건히 젖고
지금껏 싸워온 훈장이라면
조용히 물러설 때이다

보리는 다 익었다
누군가를 위해 제 몸을 헌사하리라
나는 어디까지일까
사랑을 품어 봤던가

〈보리밭〉은 설의법을 동원한 마지막 스탠자에서, "보리는 다
익었다/ 누군가를 위해 제 몸을 헌사하리라/ 나는 어디까지일까
/ 사랑을 품어 봤던가"라는 유머러스한 저항의지의 새타이어가
자못 독창적이다. 여기서 초인(超人)의 이상을 설파하며 "신은
죽었다"고 한 독일 철학가 니체(1844~1900)를 떠올리지 않을 수
없다. 낡은 가치에 대하여 생의 긍정적인 새로운 가치 창조를 역

설했던 "짜라투스트라는 이렇게 말했다"라는 철학가 아닌 시인 니체로서의 '허무주의'와 '실존주의'의 근대적 철학의 뿌리가 돋아난 사실을 돌아보며, 임성규의 "땀이 이마와 등을 홍건히 젖고/ 지금껏 싸워온 훈장이라면/ 조용히 물러설 때이다"라는 이 아이러니에 공감하고 싶다.

　시인은 스스로가 자신만의 새로운 형식을 창출해야만 한다. 극단적으로 말하자면 한 편의 시에는 하나의 형식이 있다. 내 시는 나 하나만의 시이다. 그 시는 그 시인 하나만의 생(生)의 형식이기 때문이다.

　　　가을은 그대로부터 온다
　　　편지가 이미 마른 세상
　　　동구 밖 설레임도 아득한 과거에서 잔다
　　　나의 살풀이 낱말들이 6도 지진처럼
　　　그대 곁으로 보내질 때
　　　아, 기다림 일주일
　　　그곳은 옹달샘에 떨어지는 새벽이슬이었다
　　　한 알 한 알 알사탕처럼 달콤한
　　　그대의 사연에 심장의 박동은
　　　맨 처음 바다의 대면이었다
　　　갈대를 감싸 도는 바람의 춤사위에
　　　시골의 서정은 깊어만 갔고
　　　리듬을 타는 편지에 나의 발걸음도
　　　이미 춤의 모양새로 접어들었다
　　　세월은 아주 짧게 시절의 가을을 끌고 갔다
　　　뒤란에는

28

아린 추억과 이따금 술잔 속에 어리는 쓴웃음뿐
가을은 그대로부터 떠나갔다

- 〈가을 사연〉 전문

〈가을 사연〉에는 시인 임성규의 주지적 서정 언어와 삶의 진실 추구가 투영(投影)된 저항 의지가 고스란히 담겨 있다. 우리 시인들에게 있어서 시의 모티프는 과연 어디서 오는가. 알 수 없다. 임성규는 "갈대를 감싸 도는 바람의 춤사위에/ 시골의 서정은 깊어만 갔고/ 리듬을 타는 편지에 나의 발걸음도/ 이미 춤의 모양새로 접어들었다/ 세월은 아주 짧게 시절의 가을을 끌고 갔다 뒤란에는/ 아린 추억과 이따금 술잔 속에 어리는 쓴웃음뿐/ 가을은 그대로부터 떠나갔다"라고 그 모티프를 '가을 사연'에 담는 능란한 솜씨를 보여주고 있다. 시는 '뜻(志)'이 아닌지. 그렇다면 '뜻'은 '마음'이 향하는 곳이런가. 곧 시는 창조에의 의지에 불과하다고 본다. 자기 내부모방(內部模倣)을 위한 모티프가 자아의 투영으로부터 탄생한다고 본다면, 자기의지에 의한 모티프는 자아의 무엇인가의 저항에 의하여 생겨난다. 이대로여서는 안 된다고 하는 자아 변혁의 모티프다.

임성규의 〈가을 사연〉을 대하며 곧바로 떠오른 것은 1945년 8.15 광복 직후 한국시단의 대표적인 모더니즘 시인 박인환(1926~1956)이다. 그의 대표작은 두 말할 것 없는 〈세월이 가면〉이다. "지금 그 사람 이름은 잊었지만/ 그 눈동자 입술은/ 내 가슴에 있네// 내 서늘한 가슴에 있네"라고 노래하며 31세의 젊은 나이로 타계한 박인환은 그 짧은 삶을 통해 시와 술을 벗하여 끈질기게 현대사회의 위기와 불안 의식을 낭만적인 감각으로 노래한 우수(憂愁)의 시인이었다.

또한 〈목마와 숙녀〉에서 박인환은 "목마를 타고 떠난 숙녀의 옷자락을 이야기한다/ 목마는 주인을 버리고 그저 방울소리만 울리며/ 가을 속으로 떠났다/ 술병에서 별이 떨어진다/ 상심한 별은 내 가슴에 가볍게 부서진다"라고 표현하여, 그 당시 직정적(直情的)이며 감상(感傷)에 빠진 시단에 낭만적이며 동시에 주지적인 호소력을 보여주었다(홍윤기,《한국현대시 해설 ─ 이해와 감상》2003, 한누리미디어).

이번 시집《파도여》상재를 계기로 주지적 서정시인 임성규의 전진을 크게 기대하며 앞으로도 꾸준히 지켜보련다.

제1부

가보지 못한 길

파도여

밀려오는가
어디를, 누구를 위해 오는가
어두웠던 이 땅
숨 죽였던 이 땅
깨우려고 오느냐

그래 저 거대한 절벽을 때리고 또 때려
모래가 되도록
그리하여 가장 낮은 자의 겸허로
오려무나

저벅 저벅 발자욱들
천천히 어둠을 걷고 평화의 여명으로

아, 아침이 오리오
다 함께 맞잡은 손
사랑의 합창

오너라, 파도여
절벽이 무너져 모래가 되도록
그 함성 평화의 발자욱이
온누리에 찍히도록

이 땅의 염원
들불처럼 피어나리라

갈대

당신이 누웠다
흔들릴 뿐 꺾이지 않던 긴 여름
뒤로하고
살찜을 버렸던 이유마저 거부한 채
뉘어졌다

세월의 명령
계급은 없다라는 것

땅은 모든 질서의 평화
푸르른 날, 새의 둥지, 거미의 집
땅의 관용은 삶이나
그저 하찮은 흙이라는

늙은 갈대는
태양, 새, 곤충이 떠난 비통을
뿌리로 간직한다

더욱 성숙하리라
이별이 깊어져 한을 다스린
내일
큰 너털로 오리라

첫눈

맨 처음 아씨를 알현한 날
저는 빨개졌지요

두 팔을 크게 벌리고
죄악을 버린 눈으로
당신을 안지요

제 검은 마음은
당신의 진정을 담아 하얘지고
지금이 영원이었으면요

우리 과거도 미래도 모르기로 해요
당신과 저의 마음이 하나가 된
하얀 세상
꿈으로 간직해요

문득, 그대

떠나는 것이 삶
나무도, 새들도, 곤충도, 그대도 떠나고
사랑, 목이 타던 순간도
겨울 휩쓸림에 덧없이 무너진다

내가 사랑했던 것, 절실한 기대
간절한 소망
한 때 가장 귀했던 가치가
따지 못한 감에 눈이 쌓이듯
혀끝을 찬다

그대는 어디인가
내 고해성사를 들어줄 봄의 여울 같은 품
무지개 너머에서 달려온 황금마차
비파를 켜며 구름을 밟고 상큼이 다가오는 천사
아득한 수평선의 꿈
아, 이 땅이 천국일 수는 없는가
누가 고뇌를 만들었을까

다만 소박한 가정에서
시금치 같은 이웃의 정감이
순두부 같은 골목이

감자 같은 벗이라면
춥지 않으리라, 삶은

가보지 못한 길

수많은 길을 헤쳐 왔다
가시덤불 길, 진흙탕 길, 구부러진 길, 고샅길, 아스팔트
너무 힘든 길도 다음날이면 평탄해졌고
아스팔트를 주파한 기쁨도 잠시 뿐
그렇게 흥분할 일도 슬퍼할 일도 아니었다
길이란 삶의 명제를 꾸준히 두드렸을 뿐
그 어떤 명예에도 부도 부질없다는 듯
끝에는 흙이었다

해가 뜨면 저녁노을이 오고
눈인가 하면 빗소리에 싹이 트고
잔잔한 바다의 꿈도 성난 파도의 아우성에
순탄한 것은 없었고
하늘 고귀함인가 하면 원망 섞인 울음도 들어야 했다

숲의 푸르름에서 생명의 진지함을 엿봤고
새와 곤충과 나무와 꽃이
한껏 어우러졌다
오솔길에서 옹달샘의 푸근함에 젖었고
대찬 바위의 단호함도 느꼈다

이제 천천히 몸을 일으킨다

멋모르고 달렸던 길 뒤로하고
흙이 나를 허락하는 길을 따라
바람과 풀과 돌을 느끼며 가보리라

쉬운 길은 없었다

겨울 산책

갈대도 억새도 뜻을 꺾은 겨울
강변을 걷는다
칼칼한 바람이 살갗을 치며
겨울을 강요한다
맨몸의 나무들
하늘과 땅과 물의 전언에
지그시 눈을 감고 수련이다
지금은 다 떠난 빈 터
철새들만 휴식에 드는지
물의 흐름에 맡긴다
봄의 따스함, 여름의 절정, 가을 풍요 뒤에 오는
허무인가
노래가 들려온다
세상에서 가장 아름다운 선율
참선에서, 득도에서, 내면에서
생애 처음 맛본 희열
아, 겨울은 끝이 아니로구나

| 임성규 시집

모과

단호함이여
경직인가
상처인가
철학인가
시간의 흐름으로
타인이 익어가듯 너도 순응이리라

단맛, 부드러움, 유혹은
필요치 않더냐
세상 쉬운 길 마다하고
왜 하필 무거운 길이니

새벽이슬을 걷고
폭풍우를 견딘 너
넓고 오묘한 향기는
사색의 정수였더냐

오랜 벗에게 차를 따른다
너의 심오한 깊이를 느끼며

모래시계

오래 전부터 모래가 있었다
그것은 큰 바위가 부서져 내린
작은 상처들의 집합
그들은 저항이 없다
물결에 쓸리고 다시 낮은 곳을 메꾸고
오랜 진리였으리라

사람이 시계를 만들었다
날이 선 시간
시간에 지배를 받고 시간에 쫓기며
시간 속에 살다가 시간을 끝으로 간다

가끔 꿈이라 말하지
그러나 그것은 시간의 부산물
목표를 향해 달려가고
숨이 넘어갈 쯤
거기 늙어 있는 그대
되돌릴 수 없는 시간
모래는 시간 속으로 스며든다

모래로 건물을 짓고
판단을 내린

흐름의 반역자들

그대는 어떤 행복을 추구하는가
단지 빌딩의 노예인가

대숲에는

바람이 말을 한다
고고함도 청초함도 쓸쓸함도
다 한 때라는 듯
말을 잊는 날들이
서걱, 서걱, 서걱

수많은 비구승의 낮은 염불인가
절로 숙연해지며 합장한다
이 침묵의 땅에 어떤 말을 할까

대숲에 가려 하늘은 작아지고
세상 시름 꿰맨 대나무 그물에 걸려
바보가 된
그래도 좋아라

서늘하고 고적한 이 깊이가
단 며칠의 수양이랴
빌딩에 갇혀 다만 하루도
자유가 그리웠던 날
벗어나자고 열어젖힌 대숲에는
작은 고요가 아득히 쌓여있다

44

| 임성규 시집

제비꽃

종종걸음이구나
그렇게 걸어서 언제 여행을 끝내겠니
세상은 넓고 사연도 깊은데

동산에서 작은 목소리로 부르는 동요
관객이 있다냐
소나무와 막 눈뜬 뭇나무들
박수를 보내더냐
그렇게 오랫동안 견디면서
그 보폭으로 행복이더냐
왜 키를 키우지 않았느냐
낮은 곳에서 바라본 하늘
답답하지 않았느냐
벌, 나비도 진한 향기를 찾아 떠돌 때
외롭지 않더냐
삶은 화려하고 휘황한 가운데
행복을 찾지 않았느냐

바람이 와서 툭 건들고 지나가면
픽 웃고
낮은 목소리로 동요

사랑해요, 사랑

굴렁쇠

내가 구른다
살아 있다는 것

산도 강도 바다도 하늘도 만났다
이따금 솔개 눈에 차고
석양에 눈시울 붉어지기도 했다

몇 권의 책과 맛있는 음식이
잠시 들뜨게 했을 뿐
오랜 고목 앞에서
한참을 머물러야 했다

미움, 원망, 기쁨, 슬픔이
강물처럼 흘러가고
회상에 젖는 날이 늘어가자
어깨에 먼지가 쌓여간다

타인들은 오솔길을 외면하고
꿈을 쫓아 뛰어갈 때
멈췄던 나는 겨우 구른다

의미 없는 짓이기는 하지만

임성규 시집

멈춘다면 죽음보다 못하리라

내가 구른다
나를 찾는 행위로

땅

발 딛는다
컹~ 컹~
땅도 화답한다

뛰었었다
그 때
땅은 안타까워 했지만
말없이 보폭을 내어줬다
지칠 때도 함께 있었고
울부짖을 때는
한참을 기다린 후 등을 쓰다듬기도 했다

지금은 무작정 의미지만
땅도 기다렸다는 듯
지그시 눈을 감은 채 함께 한다

곧 오리라
다들 그렇게 땅의 품속에 스며들 듯
나도 그러하리라
제발 회한이 없었으면

48

살구

꽃진 자리에 알알이 영글었다
봄의 뜻을 화사하게 전하다니
더욱 큰 마음으로 맺혀 있다

단지 한 그루인데
그냥 스치고 갈 수도 있는데
쉽게 자신을 버리지 않는 깊은

어찌 우리와 다를까
꽃피우기 벅찬 세상사
자신을 태우고 마지막까지 세상을 위한…
다만 한 그루인데
깨침의 노승과 같아라

문득 하늘을 본다
본 뜻일까

단비

당신이에요
무척 기다렸어요
그리 애를 태우고 먼발치서 돌아가고
다시 또 돌아가고
나의 삶은 타들어갔어요

어떤 위로도 다가올 수 없어요
상심에 또 상심
그래요, 고통이 깊어져
치유할 수 없는 빈 몸

사막이에요
이곳에서 누구와 살지요
나에게는 낯설고 험한 세상
단 하루도 의미가 없어요

아, 구름이 밀려와요
갑자기 다가와요, 벗이
말없이 손을 내미는 걸요
나는 어떤 고통에 헤맸던가요
이리 가벼운 걸요
고마워요

임성규 시집

코스모스

한 세월이 깊고 한 계절이 깊고
꽃도 깊이 피었구나

작은 바람에도 저리 가벼운 놀림
비대한 몸집을 버린 긴 세월
순리를 따랐으리라

시대의 역행에는
순간의 만용으로 지배한 듯하지만
찬바람 들면 흙에 묻히는 비루한 존재

오랫동안 벗이었다, 꽃은
누가 가꾸지 않아도 제 몸을 일으키는
시대의 전달자

그대는 어떤 아름다움을 찾는가
있어야 할 자리에
소리 없이 피어있는 코스모스
생이로다

2월의 소식

목련의 새순이 제법이다
누가 말하지 않아도
추위가 깊어도
시간을 아나 보다
신비롭다

만물의 영장
그들만이 모든 걸 다하려 한다
사랑의 전제인가
말뿐이다

죽고 죽여 왔다
사내의 승부욕과 우두머리가 되고자
역사는 치를 떨어야 했다

저 참하고 진솔한 나무를 보라
얼마큼 욕심을 부리더냐
때를 알고 자신을 알고
또 때가 되면 조용히 참선
어디 시끄럽더냐

2월의 작은 소식
사랑의 편지로

제2부
꽃이 필 때면

봄의 신들

파릇파릇 고개를 내미는 양지녘 쑥입니다
흔하디흔한 처신
그러나 우리 땅을 지켰습니다
가벼워서 더욱 애린 소소함이여

매화의 굳건한 열기에 추위가 녹습니다
고고한 자태여
조금 늦장을 부려도 아름답건만
이 땅을 밝히고자 달려옵니다

개나리 예쁜 아기들입니다
미래의 동향
저들의 힘찬 울림에
이 땅은 쓰러지지 않았습니다

진달래 화사한 여인입니다
한결 성숙하고 기품 있는
명문가의 내조인 바
훗날 다가올 이 땅의 기운입니다

거미

나는 거미입니다

상대를 가리지 않고 체포한 뒤
제 마음대로 요리합니다
배려는 없습니다
오로지 먹을 뿐입니다

우리네 삶은 다른가요
가치관의 양심인가요
더러는 울고 사죄하고 후회하고
'그때' 왜 그랬나 하지요
죽음에 이르러

나의 새로운 거미줄입니다
착한 이는 돌려보내고
성실한 이는 밀어내고
물질에 찌든 자는 고생 좀 시키고
악마 같은 자는 개조시키고
먹이란 먹이는 다 내려놓습니다

굶어 죽어도 괜찮습니다

꽃 · 1

당신이어요
감히 고백하지 못했던 지난날
이제야 불러봐요
여전하시군요
그 모습

살면서 잊힐 날도 있었지만
문득 외로움이 밀려오면
내 발걸음은 당신을 향합니다

모르겠어요
지금 내가 언제까지일지

하지만 당신
그 이름 앞에 내 자유는 구속입니다

보리밭

내가 걷는 보리밭은 다 늙은 보리다
하여 청춘은 덧없어라
지금 잘 익은 보리 이삭과 티격태격
한 시절을 누벼 본다

보릿고개도 있었다
미덥잖은 꿈도 있었다
풋사랑도 지나쳤고 내 아이들은
청보리밭 너른 길을 노 젓는 중이다
노고지리도 있었다
그만 누빈 신발에서 비명이 흘러나온다
꿈이 떠난 것이다

땀이 이마와 등을 흥건히 젖고
지금껏 싸워온 훈장이라면
조용히 물러설 때이다

보리는 다 익었다
누군가를 위해 제 몸을 헌사하리라
나는 어디까지일까
사랑을 품어 봤던가

꽃이 필 때면

분위기에 젖기만 해도
사랑인 것이다

오래 전 그리워했던 사람
꽃의 마음을 주고 싶었던 사람
만지면 부서질까
몇 발짝 떨어져서 눈이 부신 사람
절벽 같은 세상에 한 송이 들꽃으로 매달린 사람
꽃은 아름다워서 꽃인 것이다
신은 현명한 선택을 하신 것이다

아, 그러나 꽃은 지고 있다
꽃은 피고 피는데 지는 것이다
꽃의 아름다움은 인간의 마음
사랑이 무너질 때
세상은 아픈 것이다

너, 나 없이 꽃을 보고 달려갔던 순수한 환호
티 없이 맑은 물에 핏물이 번져갈 때
죄악은 깊어가는 것이다

꽃이 필 때면 지지 않는 그대를 만나고 싶다
사랑의 이름으로

| 임성규 시집

귀뚜라미

침묵을 모르는 녀석이
가을을 몰고 온다

가을, 가을, 가을
수많은 사연과 시어들이
앞 다투어 달린다
가만, 남이 간 길 아니던가
흉내는 싫어
파란 하늘에 덧칠한다
모순, 모순, 모순
아직 여름인 게야
빗줄기가 굵어진다
여름의 시험을 이겨낸 뒤
오는 가을은 한결 성숙하리라

자랑스러운 귀뚜라미
너도 생의 관문을 뚫은 거야
그래서 지구를 끌고 왔지
도태가 아닌 이름으로

한 생애, 어찌 걸을까
?

가을에는

잿빛 설움의 기억들을 달래고자 한다

이 황홀한 아치 위에 불면을 올려놓고
다림질한다
한 주름을 펼 때마다 이마의 길은
점점 평탄해지고
나이를 아우르는 청년이 되는가

밤송이 벌어지면서 잎사귀는
떠남을 생각한다
시작은 그렇듯 꿈이었으나
결실은 꿈의 결말인가
우리의 꿈은 무엇일까
달리고 또 달려가고 멈춘 순간
잿빛 설움은 스스로를 갉아먹고
회한에 젖는다

늦었다
황홀한 조명은 위선이란 말인가
불나방은 죽음마저 도외시한 채
최후를 불태우는데

아, 시간의 자유
가을에는 묵은 벗을 만나고자 한다
그가 어떤 구름이든 어떠랴

이순신

그는 왜 영웅이 되었는가

슬프도다
당파싸움으로 나라를 거덜 낸 작자들
못난 왕을 모사하여 현혹시키고
왜란의 빌미를 제공한 이 땅의 벌레들

저 못난이들이 고관대작이라면
죽어가는 민초들 피가 흘러
순신의 가슴을 적시니
온몸의 세포가 차가워졌으리라
냉철히 판세를 분석했으리라
두려웠으리라

승률이 전혀 없는 제로섬게임
그러나 이 땅의 유린에
한 번도 패배할 수 없는 절박한 심정
둘러보아도 아무도 의지할 수 없는
절대 고독
그래서 일기를 썼으리라
단 한 명의 왜놈도 돌려보내고 싶지 않았으리라
그의 분노는 이 땅의 사랑

62

슬프게도 그는 영웅이 되었다

그가 지금이라면

가을과 춤을

오라, 파란 하늘아
너의 깊고도 깊은 마음 헤아려 보자
지친 나의 발걸음에 희망을 주었던
무한 사랑
이제야 자유의 보폭으로 어울려 보자
철이 든 낡은 구두에 먼지 날릴지라도
한없는 너의 손이라면 격의 없으리라

보라, 황금들판을
농부의 거친 손등에 여름이 머물렀다면
감사하자
피와 땀은 인내의 소산
지난 빗줄기를 원망했는가
고개 숙인 알갱이들의 겸허에는
하늬바람에 어깨춤

오, 단풍이여
화려한 너의 옷은 마지막 무대의상
남녘의 따스한 입김이 님프의 여운이었다면
곧 다가올 북녘의 거친 말발굽에
시련도 깊으련만
아, 장엄한 너의 최후여

64

불길이 타오른다
온 영혼을 다 바쳐 일제히 태운다

아, 고독이여
꿈의 바깥은 어디였던가
드높았던 명성도 한 시절 풍미도 덧없거늘
하늘을 발아래 굽어보고
바다를 가슴에 담았던 호기
무너지고 다 무너질 때
가진 것은 한줌 흙이런가
아, 늙은 나비의 애절인 춤사위여
사위가 어두운 빈 밭을 하느작하느작 걸으리라

실크로드

나와 그대의 거리는 아득한 사막
별들에 소원을 빌고
밤새에 안부를 전하며
달님에게 호소한다

미친 과학이 모든 걸 무너뜨리지만
나는 비단길을 그린다

들꽃에 그대를 담고
엷은 망사의 바람에 가만 눈을 감으며
추억에 젖는다
아, 그리움은 아름다운 고통인가

생은 멀고도 먼 번민
사막의 험난함은 그대와 나의 만남을
더욱 가치 있게 할 뿐

빈 것은 채워지기 위한 것
나의 한 손과 그대의 한 손이 포개질 때
모랫길은 한 순간에 꽃길
영화의 장면이 무색타 하리

66

낚시

던진다, 무심히
(애초에 고기는 안중에 없었다)

사람 같은 사람이 걸릴까
주변을 부릅뜬 채 살핀다

결국 또 눈만 벌개졌다
이러다가 쓰러지지
상심에 목을 매달까
포기하고 물에 걸린 해나 바라볼까
그 짓도 지루해
하늘을 북북 찢는다
한장에는 하늘의 섭섭함
두장에는 나의 부끄러움
삼장에는 이 땅의 슬픔
사장에는 미래의 근심
오장에는 폐허

줄을 거두리라
다시 낚시를 던질 때는
이 땅이 사랑의 터전

가을의 잔영

부서지고 있다
무너지고 있다
호박덩굴의 초라함, 토마토 줄기의 안타까움
고추의 서러움, 단풍의 고요

한 시절은 다들 화려했다
크던 작던 계급장은 빛이 났었다
설자리에 서 있었다

무너짐은 예고가 없다
포효 뒤의 허탈을 안다면
함부로 시위를 놓지 않으리라
그러나 우리는 영원을 착각한다
두려우면서도 애써 밀어낸다
한계인가
그래서 낙엽처럼 쓸쓸한 생이던가

하늘을 보자
무한의 깊이를

금붕어 · 1

나는 자유다, 그대 안에서

작은 나의 공간을 탓하려는가
아니다
나는 꿈을 접은 뒤론
지극히 이상적이다

무한세상이 그리운 적도 있었다
거침없이 물결을 거스르며
나의 위용을 시험하고도 싶었다
그러나 운명은 나를 가뒀다
몸서리치도록 저항했으나
올가미는 더욱 옥죌 뿐
결국 백기를 들었다

꿈은 거대하여야 하는가
소소한 꿈은 비루한가

어항은 좁지만 안식이다
혼자만의 사색
때로 웃고 울고 정색하고
살 만하다

금붕어 · 2

나의 색깔을 보는가
그런 나는 불행이라네

나의 자유는 이상의 꿈
누구의 간섭도 없는 푸른 바다
그곳에서 많은 이들과 부딪히며
참 진리를 깨닫는 것

나는 광대가 아니라네
그대와 똑같은 한 삶이니
내 비록 이런 운명이나
그것은 껍질일 뿐
작지만 내 터울에도
작지 않음이 있다네

모르는가
그러면 슬프다네

70

| 임성규 시집

하구에서

물살은 서두르지 않는다
수만 년 아픔을 삭히고 삭혀
산골 새벽이슬에서, 화전민 애환의 땀에서
점점이 커졌으리라

사연에 사연이 꼬리를 물고
한 굽이를 돌고 돌은 후에
부질없다는 듯 와류를 일으킨 후
서둘러 갈 길을 간다

바위와 언덕을 빗긴 평야의 터전에서
숨을 고르고
생명의 근원을 말한 후에
신비의 노인처럼 훌쩍 떠나간다

아, 인연은 그렇게 흐르는 것인가
생로병사 속 묘지를 보라
내일의 그대는 저와 같을지니
부와 명예는 무엇인가

심지 깊은 탁한 물이
온 어둠을 쓸어안고 천천히 돌아섰다
먼 바다에 제 몸을 묻는다

소

우직한 그놈이 친구였다

숙명처럼 멍에를 지고
논밭을 갈며 거친 김을 토해내는
가엾은 녀석
꾀부릴 줄도 화를 낼 줄도 모르는
뿔은 장식인가

세상은 이미 죽었다
녀석 같은 인간은 정신병동에 있으리라

사람다운 사람이 이상한 나라
줄 잘 서고 뇌물에 아첨꾼들이 판치는 땅은
내일이 없다
이기고, 짓밟고 나만 성공하면
모든 행복이 주어지는 착각의 땅

패자의 아픔을 아는가
그들을 헤아리지 못하면
미래는 없다

녀석을 보필하자
단지 고기로 보는가

제3부

연어의 꿈

갈 수 없는 나라

아버지의 삽이 닳고 닳아
몽당삽이 되어버린 시간들 속에
식구들 밥이 있었다

살면서는 몰랐지만
내가 문득 뒷걸음치다가
똘물에 빠진 달을 보았다

달은 계속 따라왔다
땀과 눈물이 범벅인 채로
삶의 길을 묻고 있었다

나의 삽은 애처롭게도
닳지 않았다
삶의 절실은 무엇일까
해방에 육이오에 보릿고개를 넘긴
그분들

몽당삽은 잘 들지 않았으나
세월을 자른 비감으로
혼이 담겼다

나, 비로소 삽을 바로 보리라
아버지 흔적을 따를 수는 없지만
안개와 이슬을 걷어보리라

소중한 기도

판에 박힌 기도는 가라
신은 아무 때고 오지 않는다

절실하고 또 절실하여 가슴에 피멍이 들도록
아픈 자를 위하여 기도한 후에
기도라 말하라

그렇고 그런 기도는 백 날 통성해 봤자
옆집 개가 짖을 뿐이다

신은 광명정대하시다
사욕에 찌든 비겁한 기도는
들어 주실 분이 아니다
지금껏 지구의 역사 속에 신의 처사는
별로 없다
단지 그대들의 착각이다

오늘 하루 무탈했으면 감사하자
신의 은총을 바라지 말라
그대 스스로 최선을 다하는 것이
신의 뜻임이라

임성규 시집

신이여, 빈 몸으로 떠나는 생들이
이리 아귀다툼인지
제발, 현명을 열어주소서

깨꽃

하얀 꽃이 몽실몽실 피었다
꽃이랄 것도 없는 저 꽃들이
나름 서 있다

하늘은 미천한 너에게
깊이를 주셨나 보다
가만 세상 꽃이었으면
누가 너를 감쌀까

우리 삶도 그러하다
화려한 것은 비어 있고
조금 부족한 이에게 정이 있다

언제부터 우리는 최고만 추구했는가
그로 갈가리 찢겨진 상처
그 세월만큼이나 치유는 더디리라

골이 깊은 분쟁은
끝도 없이 널려 있다

깨꽃을 들여다본다
하늘의 뜻을 경청한다

술항아리 · 1

그대를 기다린다
너무 아프고 아파 비명마저 지를 수 없어
나의 육신은 산화되려 한다

혼을 잃은 사회가 앞 다투어
뛰어갈 때
땅은 피멍이 든 채로
기다리고 또 기다린다

서둘러 오시게나
아무도 서로를 믿지 않고
도덕은 땅에 떨어지고
무한 경쟁으로 피폐된 사회
어서 달려 오시게나

인내에 또 인내를 하며
그대가 필요한 술을 담그는 중이네

저 항아리가 열리는 날
이 땅은 천지개벽이 되리라
그 술은 사랑의 술
어서 오셔서 나눠 주시게나

만남

생은 만남에서 끝난다

외로운 나의 길은 만남이 버거워서
꺼이꺼이 울부짖는다
늑대가 밤에 우는 이유를 아는가
절애고도에서 달을 향한
처절한 몸부림
그로 우리의 가슴은 애절인다

생의 번뇌는
호수의 두꺼운 얼음 같은 것
쪼일 이유가 없지만
부지런히 깨 본다
삶도 그러할까

다 늦게 그를 만났다
나의 부질없는 작업을 이해해 줄까

새로운 정을 준비해야겠다
미친 목수가 하나 더 는다면
좀 더 자유로우리라

춤

자, 농악패를 부르자
오늘만큼은 남북, 동서를 배제하고
리듬을 타자
한 상 걸판지게 차려 놓을 테니
계급 떼어놓고 이 땅을 밟아가자

이념과 정쟁은 독도 너머로 던져버리고
타협의 잔을 부딪치며
껄껄 웃어보자

우리는 무엇으로 날을 세웠는가
그로 찢어진 상처는 어쩌란 말인가
자, 한산섬에 강강술래를 외치고
세종을 깨워 치도를 듣자

서럽고 서러운 이들 다 나오시오
노인의 고독과 중년의 무게,
여인의 천대, 아이의 압박까지
줄지어 봅시다
돌고 돌다 보면 서로 통하리니
흠뻑 땀을 적신 후 포효하듯 웃자

술항아리 · 2

그대를 그려 본다
아득한 밤하늘의 별들과 추억의 여운들
다 소중한 것들이다

쫓기듯이 살아온 이 땅
울지 못해 가슴으로 통곡한 날들
그로 우리는 차가워졌다
사랑노래는 널려 있으나
진정 몇일까

그대와 함께 걷는다
나는 묻고 그대는 침묵하고
걷고 또 걷는다
바람이 스산하다

침묵이 깊을수록 삶은 가파르다
술이 축제로 인도하며
나를 흔든다

댐이 무너지는 것은 소소한 상처
참았던 술이 한꺼번에 달겨든다
펑펑 운다

그대가 보고 싶다
산 날이 술과 같아서

백두산

오라, 이 땅의 햇불이여
그동안 너무 아팠었다
장엄한 너의 정기는
허리가 싹둑 잘려 힘을 쏟지 못했다
웅혼한 너의 기상이
한갓 난민으로 밀린 데는
누구의 잘못인가

끓고 또 끓어 피의 절규를 토해내며
이 땅을 보존하려는 너의 진정을
어리석은 지도자들은 닫힌 채였다

이리 채이고 저리 당하고
민초의 통곡이 끊이질 않았건만
저 눈 감은 못난 몇몇들
그것으로 고통의 대물림이었다

곧 태풍과 해일은 밀려오리라
지금껏 바로 직시하지 못했으니
떠오르는 동해로 말을 몰자
그리하여 하늘의 뜻을 바로 보자

84

| 임성규 시집

산의 거친 숨결이 두만강을 타고
서해로 이어지며
민족혼을 깨우리라
여태껏 미워하고 헐뜯었으니
용서하고 감싸자
지상에서 영원한 왕국을 만들자

파랑새

나를 떠난 새는 다시 오지 않았다
숱한 파문과 가슴의 통증을 남기며
길은 죄다 얼려 버렸다

기쁨은 머뭇거렸고
슬픔은 더욱 슬퍼지며
술잔은 까닭 없이 달빛에 젖었다

가끔 하늘을 볼 때마다
그 어떤 꿈이 어른거리다가
구름에 가려 버렸다

긴 시간이 여로에 눕자
축축했던 눈빛도 말라버리며
세월을 만류한다

아, 파랑새

86

연어의 꿈

돌아온다
험난한 여정으로 지쳐 쓰러지며
기를 쓰며 돌아온다

어떤 장애도 개의치 않는다
기쁨 이후의 어떤 슬픔도 받아들이며
피하지 않는다

운명의 사슬
끊을 수 없기에 우리는 수많은 세월
아파했는가
인연과 사랑, 만남, 헤어짐
인생은 기나긴 암묵의 사슬이었다

연어의 사체가 널려 있다
끊긴 사슬 위로 태양이 빛의 연주를 시작한다
경건한 무음에 물도 소리 없는 곡으로
예를 갖춘다

우리의 끊김은 어떤 자연이 할애할까
흐린 날과 빗소리로 담아둘까
까마귀의 곡으로 기억할까

겸허해지자, 한 인간으로서

백두대간

산맥은 도도히 이어졌다
이 땅이 뿌리째 흔들릴 때도
혈흔이 온 땅을 적실 때도
흔들리지 않았다

통곡과 비통으로 가슴이 찢어질 때도
말없이 푸름을 잃지 않아
다시금 일어서게 만들었다

저 굳건한 의지로
사분오열된 정서를 추스르고
강과 산에 이어 마을 구석까지 품었다

동해의 거친 숨결을 달래고
서해의 순박함을 일깨우며
이 땅의 터전이 된 바
우리의 긍지는 어떠했는가

부끄럽도다
썩은 지도자들과 분란으로 치달았던 역사 속
허리는 댕강 잘려
숨쉬기도 버거운 채 총부리를 겨누고 있다

┃ 임성규 시집

누구를 탓하려는가
우리의 혼을 스스로 짓밟은 채
허우적거리는 못난 속성
분명 백호의 포효이거늘
어찌 견자가 되었는가

일어서자, 다시금 일어서자
지금 우리가 하지 못하면
이 땅의 미래는 어둡다
주변의 이리들이 들끓거늘
제발 정신 차리자
또 슬픈 역사를 남기려는가

이 땅의 맥이여
혼을 깨워다오

동백 · 1

겨울이 머물던 자리에
오래 전 그대가 피었다

여운이 그리 길도록 숨죽였을
옷매무새가 붉다
눈시울일까

지금 피는 것은
온 정열의 기도 덕분
비로소 그대를 만난다
아팠던 선혈이 선율로 바뀌는 순간
환호를 억누른다

그만큼 인내했으리라
화려한 만남은 헤어짐의 아픔을
견디지 못하노니

한 순간의 꽃의 단절은
나를 지킬 자신이 없어서다
문득 너의 기억
붉게 저물어 간다

꽃의 기도

내가 아름다워지려는 것은 다 그대를 위함이오
겨울의 고독을 참고 이겨낸 것도 그러함이니
설사 그대가 나를 외면한다 해도
나는 개의치 않을 것이오
사랑이란 누군가의 시선을 받는 것도 중요하지만
내 이름 없이 작은 골짜기에 묻힌다 해도
희망으로 이 땅을 열었으니
그로 소명을 다한 것이오
꽃은 분명 사랑으로 피지만
사랑을 모르는 이들 때문에 심히 아파하지 않을 것이오
아픔은 곧 사랑을 지는 까닭이라
내 어찌 꽃이라 말할 수 있으리오
나의 진심은 그대의 빛나는 눈빛이지만
사랑을 받는다는 것은 그만큼 부담이려니
언젠가 그대가 변해 간다면
나는 또한 미움일까 두려움이오
그래도 나는 꽃인 바 그대를 기다림이니
설사 떠나간다 해도 행복을 빌어줄
여력을 쌓고 있는 중이오
이것은 나의 숙명이오
하늘의 뜻인 줄 아오

운석

지구는 말한다
싸우지 않겠노라고
하늘은 말한다
속는 것도 한두 번이지 안 속는다

인류는 싸움터였다
한 치 앞도 모르는 바보들의 경연장이었다
뺏고 뺏기고 죽이고 타협하고
망하고 건국하고 극도의 견제 속에
오늘의 금을 그어놓았다

하늘은 기가 막혔다
착하리라 터전을 주었건만
불 지르기 일쑤였다

빙하기로 시련을 주기도 하며
어르고 달래도 보았지만
멍청한 저들은 깨닫지 못한다

유성은 하늘의 뜻
간과하지 마라
너희 헛 금 긋기가 영원할 것인가

운석이 비싼 값이래
'허허'

진달래꽃

생은 아름다운 것
이 길을 따라 그대를 그려 본다
다소 슬프지만
여린 꽃 냄새를 안고 오는 미풍에
가슴을 연다

한 줄기 파도와 눈보라, 사막 같은 신음
절벽 아래 나뒹구는 파공음
저 잔인한 찢김으로 세상은
암흑 쪽이었다
그러나 빛은 먼발치서
길을 비춰주었다
호스피스의 눈에도 소망은 있는 것
아름다워라
그대, 거룩한 사랑이여

봄의 여신은 낮게 스며든다
잊었는가, 삶에 갇혀
오, 내 손을 잡아주
그대의 환영이라 해도
어찌 아니 기쁘랴

| 임성규 시집

어화둥둥 춤사위를 밟으리라
화려한 꽃령들의 환호 속에
재회를 만끽하자
생은 아름답고 아름답도다

봄이 어우러졌다

밤비에 추위가 내몰리자
느닷없이 봄이 깊어졌다

남녘에서 서서히 채비를 갖추던
예전 꽃들이 아니었다
매화가 완행열차를 타더니
산수유 달음질하고 개나리 헐레벌떡
진달래 열화 같은 성미로
목련의 숨죽임은 한 순간의 뜨악
벚꽃 지리발광으로 후끈 달아올랐다

분명 모순이다
여인의 신비는 보일 듯 말 듯인데
저리 미친 계절이
활짝 벗고 덤빈다

어느 미에 취할까
춘향이, 애향이, 매향이
감상에 젖기에는 '섬뜩'
경고 장단이 두드려진다

　－온난화란 말이야, 이 화상아

−어디 쓸데없이 꽃타령이야
정신 차려, 이놈들아
두두둥둥, 더더더더 덩기덩, 땡

제4부

쉰 날의 깊이

구원

우리의 이름은 무엇인가
숱하게 부르고 외쳤던 대상일까

길 없는 길을 찾아 나선다
속절없이, 무장해지로, 텅 빈 상태로
무엇을 찾을까라만
이미 욕망이 무너진 터
무지개든 태풍이든
혼을 잃은 나그네라면

이름은 분명 이 땅에 있을 터
그래서 근근이 버텨왔고
뿌리를 내렸잖은가

홍익인간, 백의민족, 두레, 강강술래
자랑스러운 그 이름들이
부끄러운 까닭은

우리 것을 잃어버린 글로벌화
단지 배부르기 위한 행복인가
문화를 버린 땅은 고통만 쌓일 뿐
너와 나는 타인이다
'다만 악에서 구하옵소서'

100

사랑하기 때문에

우리의 인연이 숙명인 바
떠날 수 없습니다
수많은 시간을 기도하였으니
정성이 하늘에 닿아 있으리오
내 작음이 깊어진 까닭도
그대의 소소한 믿음이니
들꽃, 시냇물, 노고지리, 잊었던 종소리
다 사랑입니다
간이역의 기적소리는 저의 편지이고
민들레 서러움은 저의 하소연이고
아지랑이의 꿈은 저의 소망인 바
그대는 별님의 반짝임으로 오소서
사연에 사연을 늙은 느티에 실었습니다

혹 허전하거든 옛 교정을 걸으소서
오래 전 풍금소리, 종이비행기, 운동회
그리고 사랑의 음성 들리리다
우리는 많은 것을 얻었으나
어둠이 산재해 있습니다
이슬 같은 목소리와 보리밭 같은 연정이 떠난 뒤론
진실한 사랑이 죽었습니다
그래서 그대가 더욱 절실합니다
사랑하기 때문입니다

어머니

어제는 그제처럼 쓸쓸히 지나갔습니다
사람들은 다 제 울음을 삼키고 어딘가로 뛰어갑니다
울지 못해 가슴은 찢어지고
겉은 얼음처럼 차가워 합니다
이 시대에 살아남기 위한
풍습일까요
사내로 태어난 고통에 쫓기고 있습니다
술과 노래와 취미에 젖다가도
심장을 파고드는 삶의 존재에
섬뜩 자리를 박찹니다
어둠이 저만치서 차분하게 정리하다가도
이 어둠을 몸과 친해지며
한낮은 타인의 가정입니다
순수에 물든 영혼을 보고 싶습니다
꽃은 꽃으로 이름을 알리고
과실은 열매로 존재를 드러냅니다
때로 부족한 그대라도
척박한 현실에서 작은 소망을 꽃피울 때
아름답지 않을까요
분명 크고 화려한 꽃이 더욱 아름답지만
행복은 혼자일 수 없습니다
그대와 나, 우리와 타인들

102

조금씩 낮출 때 가면 같은 얼굴에
웃음이 피지 않을까요
어머니, 당신은 작금을 어찌 보십니까
물질의 풍요 속에 인간다운 인간은
점점 사라져 갑니다
어찌 해야 하겠습니까
어머니, 고뇌하신 어머니

가을

물듦이여
점점 깊이 물듦이여

설익은 한 시절도 있었다
뻣뻣하기도 했었다
꽂이면 다인 줄 알았었다
그렇게 겁 없는 한 때가
삶인 줄 알았다

찬 이슬에 쓸쓸하고
한낮 햇살에 겸허해지고
파란 하늘에 고개 숙이니
때에 이르러
시리고 시리다 바라본 그대

저 물듦이 깊어져
한 잎 두 잎 떨어지고
서리 엉길 때
나의 가을은 어디였나
그대의 가을은 또 어디쯤인가

임성규 시집

가을 사연

가을은 그대로부터 온다
편지가 이미 마른 세상
동구 밖 설레임도 아득한 과거에서 잔다
나의 살풀이 낱말들이 6도 지진처럼
그대 곁으로 보내질 때
아, 기다림 일주일
그곳은 옹달샘에 떨어지는 새벽이슬이었다
한 알 한 알 알사탕처럼 달콤한
그대의 사연에 심장의 박동은
맨 처음 바다의 대면이었다
갈대를 감싸 도는 바람의 춤사위에
시골의 서정은 깊어만 갔고
리듬을 타는 편지에 나의 발걸음도
이미 춤의 모양새로 접어들었다
세월은 아주 짧게 시절의 가을을 끌고 갔다
뒤란에는
아린 추억과 이따금 술잔 속에 어리는 쓴웃음뿐
가을은 그대로부터 떠나갔다

꽃이여

너는 어느 별에서 왔느뇨

내가 꿈꿔왔던 아름다운 세상
풀잎 같은 사랑
이슬 같은 마음
이제는 꿈 너머에서 아득히 그리려다
새벽길을 인도하는 별처럼
희망이잖니

골목길을 지척지척 끌려가는 사람들
영혼을 잃은 대오로 밀려가는 사람들
금을 캐러 불나방처럼 달려드는 사람들
다 죽어가는 이 처참한 땅에
백합 같은 미소
보이잖니

사랑의 위증자들이 지천인 세상
희망을 잃은 청년들이 술에 의지한 세상
시샘과 질투 속에 진흙탕인 세상
인간성이 메말라가는 저 아이들의 미래
보이는가
사랑의 꽃이

그대의 길

햇살은 자유롭습니다
어둠을 난도질하며 풀잎에 머물다가
강물의 유연에 적십니다
그것은 오랜 내력의 소산
이 땅의 사랑의 근원입니다

나무의 활보에도 빛은 구원이니
걸음걸음 뜻함으로 오소서

절망과 고독에 떨었습니까
아무도 없는 빈 땅과 하늘에
마지막 촛불마저 꺼지려 할 때
'저 여린 새싹의 울림'
희망이지 않습니까

어디로 가시나이까
무겁고 무거운 그 길이 그대의 숙명이라면
아무도 어찌할 수 없으리오
혹, 실바람이 만류하면 말미를 주소서
저기 헛기침 나그네에 그냥 웃구려
흰 구름에 몸을 뉘어 보소서

겨울 아가

아가야, 넌 좀 외롭지
그래서 가끔 투정을 부리는구나

어디 한구석 너의 하소연을 들어줄 이 없으니
잿빛 얼굴에
고독의 그림자가 서리는구나
네가 감당하기 어려운 시절이지만
그래도 네 곁에는 희망이 있잖니
밤새 소복이 너를 안고 내리는 함박눈과
고요히 밤하늘을 노래하는
겨울 철새들의 여정에도
힘들지만 삶이잖니
아가야, 누구나 고난은 있단다
호수의 얼음이 금가는 소름에도
추억의 이름이라면
연인이잖니
꽁꽁 삭풍에도 군고구마 아저씨 이름은
빛이잖니
구세군 냄비가 아득한 울림이래도
이 땅의 소망이잖니

겨울 아가야

누가 너를 끝이라 했니
절망의 아픔이라 했니
너의 내면은 용암이 펄펄 끓고
가장 큰 사랑을 품고 있잖니

거울의 먼지를 닦아주련
가장 아름다운 너

사랑과 이별

설원에 그의 잔해를 뿌렸다
눈부신 햇살에 투과된 비문

눈물이 마르고 말라
가뭄의 호수처럼 갈라진 만신창이 몸
스멀스멀 찬 기운 파고들어
더욱 시리다

그의 흔적에 발자국 남긴다
사랑했던 날들
섭섭했던 시간들
이별 앞에서 발길이 정지된다
사연에 사연이 꼬리를 물고
아스라이 눈벌판을 휘감을 때
나는 태초의 나신이 된다

승무의 보폭을 밟고
한의 리듬을 탄다
바람의 운율과 햇살의 격조와
새들의 후렴에 온몸을 태운 후
무릎을 꿇는다

나지막한 신음
나의 길은 어디일까
그대의 하늘은 아득하다

시 · 1

바람은 늘 제멋대로였다
북풍을 막으려고 담장을 치면
얄밉게도 살짝 비껴
서풍으로 오고
허허로이 무너지는 슬픔에
이번에는 동풍이 햇살을 들고 와
희망의 벽화를 보시하고
그런가 하면 느닷없는 한겨울 남풍이
시름을 깊어지게 하니
늘 물결 주름을 이마에 새겨놓는
저 고약한 바람의 말
그래도 버릴 수 없다

노란 장미

사랑한다는 말
다 거짓이었다

쉽게 떠나고 그 많던 밀어
헌신짝이라면
내 가슴은 동토였다

지금껏 버틴 까닭은
그때 그 눈물의 유산

빨간 장미의 유혹을 버리고서야
네가 눈에 찬다
세월인 게야

폭염

땅과 하늘은 궁합이 맞나 보다
저리 뜨거운 사이라면
도무지 누가 말릴소냐

사람과 사람 사이에
신뢰가 떠나가자
몸소 시범을 보이나 보다

인간사
그토록 헐뜯고 미워했으니
마음 아팠을 게다

위에서 내려와 아래로 스며드는
윤회
끝없이 이어졌으나
어찌 모순만 키워졌나

타고 또 탄다
내 목의 갈증이 깊을수록
저들의 가슴은 찢어지리라
그러나 누가 알고자 할까

114

당신이 그리워질 때면

망초꽃 한 묶음 엮어 하늘에 배례하고
결 고왔던 우리 만남을 기억하며
지금의 이별이 가장 짧은 추억이리라
아쉬움은 슬픔이 아니라네
오솔길 걸음걸음마다 그대 배인 향기 맡으며
작은 골짜기에 찔레꽃잎 띄워
하얀 마음 전하려니
아직 달빛 사슴처럼 서러웁다면
하늘 장막을 드리우고 초원을 걸으소서
풀벌레의 노래와 새들의 고운 음색에 취해
가슴을 열고 함께 흥을 내소서
떠오르는 그님의 해맑은 모습을 상상하며
심히 아팠던 지난날들을
만남의 기약으로 감싸소서
삶은 무지개의 희망과 아지랑이의 아련함까지
늘 기다림의 연장
당신은 초원으로 머무르세요
나는 바람으로 다가갈게요

사물놀이

들으시오, 하늘님
우리의 열정이 단지 두드림일까요
아니라오
사멸의 늪에 빠진 이 시대 청년을
깨우고자 함이오
바른 것을 보지 못하는 우매한 정신에게
하늘의 뜻을 전함이오

징을 울려라
거기 무릎 꿇지 않는 자들, 누구냐
이 시대 부의 배짱인가
가소롭다
생은 하룻밤 꿈인 것을

장고를 두드려라
귀먹은 아이들에게 바른 소리를 내거라
한 번 두 번 들릴 때까지
멈추지 말거라
아이가 곧은길을 걷는다면
이 땅의 미래이리라

꽹과리를 치거라

저잣거리 설운 사람들, 다 나오시오
거기 억울한 이, 상처 입은 이, 용서받지 못한 이
훌훌 털어버리고 신나게 어깨춤을 밟으시오
여기 탁주 한 사발 대령이오

북을 울려라
이 땅에 자고 있는 혼을 깨우거라
홍익인간과 나눔의 미덕
누가 정신을 빼앗았는가
본래 우리는 백의민족이었다
그래서 더욱 세차게 울려라
하늘이 우리를 살피도록

117

연꽃

그대도 그리 부르는가
나는 본래 진흙을 싫어한다
다만 뿌리를 내리고
생명에 준해 살아왔을 뿐이다

꽃을 보고 있는가
아름답다 말하지 말라
어쩔 수 없어 열매를 갖기 위한
구애
잘못 판단했다

생은 누구나
행복하기를 원한다
과정이 쓰고 아프다 한들
좋은 열매면
그것으로 성공일까

나는 종교와 인연이 없다
단지 그대들이 그렇게 생각할 뿐

쉰 날의 깊이

나무의 키 커짐이 이유 있을 것이라고
저리 하찮은 미물들의 울음도
살아 있음이니
지금껏 몇 발짝 뛰어온 뒤안길에
추억도 아득해지며
그분들 가신 고행 따라
문득 봉창문 햇살처럼 서러움이라
인생의 벗이 몇인가 하면
찬물을 들이켜야
천변의 물살에 떠내려가는 뒤웅박처럼
지독한 허무
인연이 서러워 인연을 찾고 인연이 미워
인연을 벗어나고자 했으나
인연 속에 한 생이라면
까닭모를 눈물을 삼키고 산 날이
그저 노 잃고 떠가는 배인지라
떠나고 떠나가는 사랑 이들을
붙잡을 수도 애원할 수도 없는 빈 나루에 서서
아, 외로움이 쉰인가
쉰이 외로움을 찾는가
삶은 살아볼 일인가

제**5**부

낙타를 키우리라

낙타를 키우리라

손에 잡힌 귀한 것들이
허상으로 변해갈 때
낙타를 키우리라
가장 단순함과 눈을 감으면
왔던 길이 사라지며
추억마저도 떠나 허무가 밀려오면
묵묵히 걸으리라

해가 뜨고 지며 달이 반겨도
이름 모를 별들 찾아와도
모래의 나직한 무너짐을 따라가리라
바람이 심술을 부린들
잠시 멈추면 지나가는 것을
내 발걸음은 낙타에 맞춰 있네
서둘지도 게으름 피울 이유도 없는
그저 가는 곳까지 간 후에
하늘에 뉘이리라

122

텅 빈 운동장

장맛비에 씻겨간 운동장은 쓸쓸하다
조개처럼 재잘대던 아이들도
꽃게처럼 뛰어놀던 아이들도
물살의 씻김에 떠밀려 갔을까

퍼붓는 빗속으로 갈매기 울고
요란한 파도가 모래를 실어 날라
바닷가 어부의 노래 들린다
에헤라 디야, 어기여차
한 세상 무너지고 쌓고 누군가의 이름과 비명으로
모래는 큰 바위의 영혼으로 서 있다

어느 날 아이들 외침이 오랜 시간
파도와 어울려
큰 바위 얼굴이 되어갈 때
운동장은 가장 낮게 평화를 읊조리리라

123

가을의 이름

'똑똑' 하늘이 나를 두드린다

흐린 세월 저만치서 주춤이더니
다 털리고 글썽인 눈물에
파란 고요를 본다

한 때 비 내리고
폭설에 심히 쫓겼었지
사슴처럼 두려웠으나
아무도 없는 빈 땅
저녁 그림자는 길게 드러눕고
석양은 저 홀로 울다 저물었지

가을이 극명한 충격으로
다가온 순간
비로소 그대를 본다

사랑의 온정
함께함이니

새싹

어서 오거라, 아가야
겨울은 다 힘들었지만
장한 인내는 그리 기쁘구나

너의 종종걸음이 큰 보폭이 되어
이 땅을 푸르게 하고 희망이 될 때
뉘 아니 기쁠소냐

너의 맑은 눈이 빛이 날 때
꽃은 그리 탄성이고
아픈 우리들도 새 힘을 얻지

아가야, 희망은 고초 속에 오더구나
숨을 쉬지 못할 만큼 거대한 동토 속에서도
미세한 실금은 꿈이더구나

시골길

휘파람을 부세나
바람이 먼지를 들고 온들
스쳐갈 것이고
코스모스 흔들림에 어린 친구들 조우하고
고추잠자리 떼로 합창하니
이 황홀 어찌할까

탓만 했던 지난 세월
서풍에 겉옷 벗어주고
백주에 맨몸으로
우리 춤 흥얼거리자

망초꽃 유혹에 잠시 흔들리고
달개비꽃 치마폭에 휘감기고
나팔꽃 창부타령에 막걸리 한잔하며
저기 민들레 처자를 안아주자

벌써 벼이삭이 피었나
돌고 돌아 엊그제 같은 자취들
질경이, 억새풀, 갈대의 부드러움까지
어느 한 곳 모남이 없는 시골이라면
무엇을 찾았는가

126

보소, 그리운 이여
산들바람 이 아니 좋은가

마음

찬바람 들이친 날 내가 너무 작아
영원히 숨고 싶은 찰나가 지나가면
푸른 갈대밭이 온 마음을 점령하고
파랗고 고운 젊음의 한 때에 젖다가
나그네 때절은 고독을 느끼며
으스스한 마음가짐에
스스로 걸어온 길이 부끄러워
버렸던 패랭이꽃 냄새를 들추자
울 엄니 소주 한 잔 자신 희미한 미소가
작은 위안으로 밀고 오며
그처럼 절실히 보고팠던 그대의 그림자는
아득하여 물결에 떠내려가는 환상만
내 마음을 송두리째 점령한 아쉬움으로

볕이 내리자
나를 잊었던 마음은 순간의 아스라이로 떠나보내고
시골집 뒤켠 전나무에 걸터앉은
소년의 꿈을 반기며
천천히 걸어온 길이 너무 멀리 왔다는 당혹감에
훌훌 벗어던진 나신으로
바람과 나무와 곤충과 새들 속에
특별한 목적도 까닭도 없이

128

가면 가고 멈추면 멈춰 서서
구름의 자태를 그린 듯이 바라보다
허허로운 인생길에
긴 숨을 토해 본다

마음은 끝없는 온천수 같아
백치로 돌변하고 싶은 심정을 어찌할 수 없다면
사랑을 그려보리라
그대, 이젤을 준비하게나

아들에게

학의 날개에 네 꿈을 실거라
무모한 도전으로 좌절이 올 때도
땅의 많은 이들이 학의 비행을 경외하듯
다시 힘을 내어 네 길을 가거라

그 길이 아무도 없는 외로움일지라도
네 곁에는 사랑하는 이들의 기도가 함께하리니
용기를 얻고 가시덤불을 헤치어라
누군가 세상길을 외면하는 너를 비웃을지라도
네가 행복하다면
낙타의 등에 올라타 사막을 횡단하거라

고독과 두려움이 밀려와도
어둠을 밝히는 달이 있고 길을 인도하는 별들이
네 손을 잡을 것이니
포기하지 말거라

꿈은 항상 희망일 수는 없지만
꿈이 없는 자는 겨울잎사귀려니
망망대해 속 외로운 돛단배라도
너의 미래를 노저어 가거라

130

저기 네가 원하던 학의 보금자리다
그곳의 꿈이 허전하다면
돌아서서 지난날에 묵도하거라
사랑하는 이들을 위해 꿈을 말해 주거라

동백 · 2

겨우내 참선했던 해탈이
용솟음 터진다
저 미치광이 꽃 좀 보게나
어찌어찌하여 눈 맞고 북풍에
뺨을 사정없이 내주더니
저리 고운 심성이라면
부처도 다시 도 닦아야 되겠다

세상 꽃들 함부로 나서지 마라
잎사귀는 인내의 소산이요
만인의 본받음이니

뭉긋이 참고 또 참은 후에야
빨간 눈망울 터트리면
한 시절 아팠던 이들
가슴이 되고 희망이 되리니

비로소 천천히 기를 받으리라
가슴 벅찬 희열을 느끼리라
참배하고 돌아서는 길에
꿈길이 놓여 있도다

132

시를 주우며

이삭 줍던 시절을 그려 본다
막연한 시간이었지만
아버지 호령으로 달램으로
한 움큼 수확이 기쁨으로 돌변한
순간이었다

자주 허리를 굽히고 논바닥을 이 잡듯 뒤져
좀 부실한 낟알갱이를 건져 올린
작은 기쁨에
시는 윤곽을 드러낸다

때로 먼 여정을 잡기도 하지만
그것은 이삭의 연장
노획물이 작든 크든 그 나름 소중한 얼굴이라
함부로 대할 수 없다

이삭이 퍼지고 퍼져 많은 생명이 탄생하고
밤하늘 홀로 젖은 그대에게
벗이 된다면
내 이삭줍기는 까닭이 되리라

고목

언젠가부터 굵어진 몸통을
잊었지만
세월의 고초 속
상처는 여울져 있다

깊은 아픔 뒤에야
비로소 깨침이니
다람쥐 부부 드나들고
새끼들 훌쩍 커서
보란 듯이 제 길을 찾아갔다

짓무른 내 눈물은
개미떼들 양식이 되었고
저리 울어쌓는 매미들 한 철
보금자리라니

처음에는 몰랐었다
드높은 기상만 바라보다
낙뢰에 가지가 꺾이고
폭풍우에 겨우 생명을 건진 후에야
하례를 보게 됐다

자유다
내 몸을 드나드는 미물들도 생명이려니
어찌 내 몸이 내 것이랴
다만 공존일 뿐

완성

봄이 천천히 길을 잡고 온다

하루 쯤 허리끈 풀어 헤쳤다가도
겨울 고약한 늙은이에게 등 떠밀려
잔기침 쏟아낸다

웅성거리는 새싹들
눈치를 보다가 어느 결에
불쑥 고개를 내밀고서는
자기도취에 부르르 떤다

세월은 시간 앞에 무릎을 꿇고
무장해지 당한 저 건너 남녘
매화가 총총히 눈인사를 한다

3월의 하루품은 요긴하다
겨울 사슬을 끊고자
저리 바둥이던 온 산하
드디어 힘을 받는다

땅은 선한 자에게 구원을 베푼다
봄의 작은 손들

어디 하나 밉다더냐

시작은 누구나 조막손
저 작은 울림이 깊고 깊어져
이 땅의 혼이 정착됐다
겨울은 길고 험했지만
한 번도 봄을 지배하지 못했다
우리 아닌 것은 버리고 시작하자

꽃 · 2

지난 밤 꿈 속
너를 안고 한바탕 춤을 춘
너
꽃이로구나

오호, 햇살의 고개를 냉큼 쥐어
그리 환한 미소라니
지난 꿈이 선몽이로다

그대를 간만에 뵈었으니
잃었던 세월이
무상치는 않도다

코끝에 에이는 설운 향기
부여잡고
한 바탕 꿈을 걸어 볼거나

요정인 듯 홀려 가려다
안개 속에 숨겨져 버린
꽃 이름, 그대

| 임성규 시집

우주

여린 새싹에 봄이 떨고 있다

가련한 생이여
그대 슬픈 눈망울 위로
겨울은 수사처럼 삭막했다

온통 고통으로 피멍든 지난 세월
생명을 피워 올리기까지
작은 꿈은 전설처럼 아름다웠다

하얀 눈발은
지난 밤을 아득히 잠재웠으리라
그러나 미약한 숨구멍에
하늘 마음이 스며들고
용기를 북돋았으니
그대는 쓰러지지 않았도다
장엄히 이름을 우주에 새겼도다

뭇별들을 지나
멀고먼 항해에 생명의 인증번호
'작은사랑'
그렇게 시작되리라
비로소 세상은 손을 잡으리라

당신

조그맣게 당신
누가 들을까 봐 주위를 살피며 당신
이 땅의 인간으로 살아와 당신
지난 시절을 생각하며 당신
사람 사이에 차이고 아파 당신
심적 고통에 마지막 가고자 하는 길에서 당신
내가 혼자인 듯 문득 아파 당신
함께 걸어온 길이 구불구불 무거워 당신
타인 속에서 만난 우리 인연이 다하기까지 당신
해 뜬 날도 궂은 날도 당신
봄의 여린 꽃잎 속에서 당신
가을 풍요와 겨울 고적함에서 당신
당신, 참으로 좋은 당신
당신 있어서 생은 기쁨인 거야

감기

벚꽃 화창일 때 고약한 손님 찾아왔다
살면서 싫은 사람은 더 자주 온다
여기 저기 꽃소식에 마음도 청춘의 흉내를 낼 즈음
짜증나는 객은 예의도 없이 안방에 터를 잡았다
눈치주고 떠밀어도 기간은 꼭 채우고 마는
저 고약한 심보
아무런 생각도 건전한 미래도 타진해 볼 수 없는
중추신경의 몰락
마음도 새벽안개처럼 떠밀려 가며
나는 어디였던가

그래 삶의 마지막은 저리 힘없이 무너질까
그동안 쌓았던 모든 것은 어찌 될까

지금 햇살이 비추는 동안
내 안의 안개는 사라지지만
나는 또 영원히 안개에 묻히리라

그때, 그때는?

141

흰 제비꽃

처음 봤다
아파트 화단에서

너의 고된 여정이 어디였을까
산 좋고 물 좋은 고향땅 놔두고
인심 흉흉한 도심 복판
매연에 소음에 삭막한 인심까지
어느 것 하나 네 여린 마음을 품어줄까

늦도록 변덕을 부린 날씨까지
온갖 치도곤으로 무장한 한낮

웃고 있다
가녀린 너의 몸에서 장한 한 생을
보았다면
햇살도 일부러 찾아오고
바람도 다소곳하구나

화려한 벚꽃 날리고
철쭉 휘둘어 지지만
넌 시골이어서 좋다
오가는 발길에 채이지 않고
오래도록 남으려무나

제6부

대숲에 서서

유채꽃

참으로 그리웠습니다
그래서 그대가 피었습니다
내가 걷고 있는 곳에
그대가 있는 것이 아니라
오랜 시간 함께 했었습니다

오늘은 새로운 분위기로
그대를 찾고자 합니다
흥얼흥얼 콧노래로 흥을 돋우면
나직이 그대가 화답을 하고
바람도 살랑살랑
정말 잘 어울리는 우리입니다

무엇을 더 바라겠습니까
그냥 세월이 살 같으며
어제는 좋은 추억이고
오늘은 기쁜 날이고
내일은 희망의 미래입니다

저기 나비 춤을 추고
벌이 추상화를 그려대면
나는 또 풀피리를 불까 합니다

그대는 공주처럼 고귀하오

단풍

그대는 장엄했도다

한 시절을 위했으니
또 한 해가 보람이었으니
초라한 모습으로도 귀할 텐데
마지막까지 고운 자태라니

생애 누가 그리 하던가
말이 없어 속이 있고
속이 차 뜻이리니

곧 찬바람 불면 인연을 정리하고
면벽참선이라
그 작은 잎사귀도 땅과 한 몸으로
소홀함이 없도다

그렇게 생은 베풂 속에서
내면을 키우고
모질게 자신을 다스린 나이테 하나
욕심이라네

상록수

하늘이 파랗다
알 수 없는 심오

나무는 푸르게 큰다
변치 않는 마음
고백하는 걸까

나는 언제쯤
나무의 고요를 느낄까
그저 보는 것만으로도
경외지심

아, 생이 그러했으면

임성규 시집

밤의 단풍

조용히 말문을 닫는다

낮의 소란과 환희를 접고서
자신을 돌아보고
부질없다는 되뇜에
소리 없이 내려앉는 이슬의 사유

뿌리 깊음은 그렇게 조용한 것
한낮의 권력과 생채기들
서산에 뜬구름 되어 물러가자
귀로하는 지친 새처럼
어깨를 숙이는 가련한 삶들

밤은 한없는 포용과 용서의 기도를
들려주었으나
해 뜨는 내일은 죄악의 뜰로
비춰 있으리라

단풍이 밤에 젖는다
아름다울 것도 추할 것도 없는
생은 어둠의 기치 속 순간이리라

할멈의 샘

휠체어에 봄이 머물러 있다

세상은 가을을 지향했고
한때 꽃도 잎사귀도 스쳐갈 뿐
오직 열매의 경연장이었다

이 가을에 흰 나비가 할멈의 품에
내려앉는다
오, 저 고요함이여
평화의 긴 땅을 걸은 이에게
하늘은 천사의 마음을 주셨도다

나의 부끄러운 합장은 그저
스치는 여운일 뿐
어찌 노비구의 미소를 짐작하랴

할멈의 앞길에 꿈을 그리리라
사랑의 평생이었으니
해바라기와 들국화, 봉숭아로
천사의 옷에 수놓으리라

보이는가 세상이여

아름다움의 극치는 사랑이도다
내 검은손은
사랑을 경배하노라

아, 가을이여

떠나는 이의 등에 바람도 함께 떠난다

삶은 작별이었던가
수많은 우정과 사랑이 정처 없이 흘러간다면
나의 가슴은 찢어져 마지막 선혈마저
대지에 뿌려지리라

그러나 막을 수 없다
인연은 헤어지기 위해 존재한 것
나, 그대로부터 시작되었으나
바람의 뜻을 거역하지 못한다

오라, 만신창이 영혼들아
슬픔이 깊고 깊어져 더 이상 견딜 수 없을 때
함께 가자, 가을 저무는 길로

11월에

가을이 모로 누워 쓸쓸해 하자
낙엽 다 지며
빈 몸이 된 장승 같은 나무들
바람에 고적해 한다

더는 감출 것도 말할 것도 없는
초라함이나
생의 긴 여정을 비운 스님처럼
고즈넉함이라

그토록 많은 말, 수 없는 인연들
일순간 떨어뜨리고
홀로 먼 길 떠난 나그네처럼
외로움이 짙어진다

그러나 외롭지 않다
지난 사연들 속에 또 다른 나를
구함이니
북서풍 깊어진들 어찌
쓸쓸하겠는가

눈이 오면

오래 전 마음 밭을 걸으리라

아직 다 못 비운 고해를 머리와 어깨에
쌓이는 눈에
묵묵히 귀 기울이며
한 때 바람이었던 삶을 돌아보리라

사랑은 너무 가볍지 않았던가
용기는 만용이지 않았던가
용서를 자기 안에 가뒀지 않았던가
진리를 안일 속에 넣지 않았던가

눈은 쌓이고 쌓여 내 안의 번민을
덮어 버렸지만
나는 새로운 걸음을 모른다

눈이 먼 추억이었듯
무거운 발자국도 회상이 되리라
꿈을 올려다본다
저기 하얀 친구가 다가온다

152

대지

해는 생명을 안고 떠올랐다

어린 새순의 살 떨림에도 희망은 있는 것
양지녘에 가냘픈 속삭임 일정
그 힘이 얼음을 밀고
웅혼한 기상이 되어 땅을 깨운다

농익을 대로 익은 대지는 가만있어도
발길 닿는 곳 어디든 농염한 추파라
이글거리는 태양에 땅은 포효를 알린다

성숙의 계절은 겸손의 결실
환란을 이기고 난 사내의 듬직한 어깨에
깊은 사색이 있어
떨어지는 낙엽도 사랑을 말한다

모든 것이 북풍의 말발굽에 쓰러져 갈 때
땅은 가장 평온한 자세로
태초의 설원을 온몸으로 받드니
기나긴 동면은 영혼의 수련일지라

아, 대지는 또 내일을 꿈꾼다

사랑이야

홀로 샛길을 걷다가 풀의 속삭임이 들려올 때
많은 것을 잃고 죽음을 떠올리려다
그대의 위로가 들려올 때
술에 절은 친구의 절규 같은 투정을
말없는 흰 구름이 감쌀 때
외딴집을 서성이다 '까르르' 아이의 웃음소리가 들려올 때
사막 같은 생에서 한 떨기 수선화처럼
예쁜 사람을 만났을 때
오래 된 사발에 탁주를 따르는
맑은 음색의 그대를 보며
하릴없이 단풍잎을 책에 끼우고
느린 걸음으로 걸어가는 사내
뛰어가는 늑대 무리에서 홀로 나와 뒤를 바라보는 사람
꾸미지 않은 고운 눈빛으로 평화의 노래를
세상에게 전하는 그대
사랑이야, 사랑이야, 또 사랑이야

154

산수유

맨 처음 세상을 밝혔던
너의 청아한 웃음

고고한 옷을 입고
바람과 비를 잘 다스렸지

빨간 결실들이 주렁주렁
한 시절이 성숙했구나

하늘은 작은 너에게
큰 뜻을 담았으리

노시인의 열정

겨울을 따스이 안고 오셨다
시어들이 폭풍처럼 뛰어가는 여정에
고향집 정자나무처럼 숙연한 시인

저 오래 된 내면에는 찢긴 가슴에서
선혈이 흩뿌려져
차고 냉혹한 결빙으로 이어졌다

숨 죽였던 세월에도
미세한 실금이 드러나자
새순이 움트기 시작한다

어느새 나무는 훌쩍 자라
커다란 옹이로 낙인된 후
아이들 그늘이 되고
다람쥐 드나들며
온갖 새들 쉼터가 되었으리라

푸른 잎새의 고백은 낭랑히 퍼져
누구는 웃고, 울고, 가슴 저미며
한세상 인연으로 각인됐다

작으나마 내 쥔 손을 펴 보이자
노시인은 뿌연 안개에 젖는다

총총히 뒤를 따르는 겨울이
조심히 또 조심히
선생을 보필한다

가을 들꽃의 노래

햇살은 점점 굳어 가는데
바람은 점점 타향을 찾는데
한 때의 삶이었을 삶
이름도 가문 저 여린 꽃
끌어안고 춤이라도 추련다

가냘픈 떨림
마치 첫사랑 솜털처럼 풋풋한 향기가
가슴에 안겨온다

제어치 못할 감정
내가 걸어온 세월을 절벽에 밀어놓고
낭만에 젖자 하는
철없는 소녀인가

싫지 않다
한 때 강물에 젖었듯, 광야에 눈물을 쏟았듯
감정의 절정이라면
그깟 세월을 폭포의 역류로 돌릴까 보다
아, 아름다운 가을이여

158

대숲에 서서

당신을 봅니다
고적해서 더욱 고고한 삶이
대숲의 향으로 빛이 납니다

끝없는 대화가 오고 갑니다
숲의 자리는 매파일 뿐
당신의 진심이 훤히 느낍니다

우리는 타인의 길이었지만
대숲에 이르러 한 길을 봅니다
에두르지 않고 곱게 뻗은 진실
그곳에 잡티가 있으리오

아, 대숲의 절정
바람의 넉살에 미소로 맞을 뿐
한 세상 깊이는
저처럼 곧다니오

159

감따기

늙은 고목에 예를 드리고 감을 딴다

홍시와 땡감, 물러진 감
각기 다른 얼굴이다
분명 하나의 뿌리인데
어찌 저리 다를까
햇살과 기후 바람도 똑같은데

나의 형은 지금 어느 곳일까
먼 여행에 지쳐 석양을 보고
눈시울 붉히는 나

홍시를 베어 문다
떫음이 깊어지면 이리 달구나
모난 젊음의 한 때
땡감처럼 떫었겠지

바구니 가득 쌓여가는 감의 보시
늙은 나무는 줄 것만 기억하는데
나의 기억은 메마른 숨결

다시금 예를 갖춘다

고마웠소
나보다 한참 더 연배이신데
귀찮았다면 용서하구려

가을 산책

억새의 분장은 한 시절의 의미
저리 아름다운 것을 무너짐이 고고한 것을
바람도 곡조를 지녔다
억새의 춤에 절로 흥에 겨운 듯
내 뺨을 어우르고
절정의 가을을 마음껏 연주한다

주름진 호수도 깊고 깊은 화두를 던진다
마름이 부서지고 부들은 초라했지만
늙은 철학자는 지그시 눈을 감고 있다

뭉게구름이 먼 소식을 전해 오고
끝자락 잠자리도 내 곁에 서성이며
두려움을 다스린 세월일까
아, 저렇게 자연은 자연인 것을
나는 나를 아닌 곳으로만 끌고 왔을까

산 날도 벌써 가을인 것을
농익은 여름도 속절없이 물러가고
억새의 자태에 그저 부끄러움이라면
가을 여유 바람에 몸을 맡겨 보리

162

제 **7** 부

노인의 폐지

기도

다시는 기도를 하지 않았으면 하오
그만치 자유롭고 행복한 나라
신이 할 일이 없어 뒷짐 지고 하품만 하니
내세는 무엇이랴
걱정이 어디 있을까

훗날을 위해 저축하고 하루와 싸우고
번민하고 미워하고
끝없는 마음의 갈등
늙어 죽을 때까지 이 무모한 전쟁이라면
그래서 신이 필요했다면
삶은 차라리 태어나지 말았어야 할 일

이 빌어먹을 고통을 누가 만들었는가
지금도 통성기도가 귀청을 찢거늘 고해성사가 끝이 없거늘
언제나 나의 기도가 형식적인 인사로 끝날까요

당신이 섭섭하다 할 정도로
세상이 물결처럼 흘러갔으면 합니다
의미 없는 기도가 당신이 원하는 그림 아닐까요
진정 하늘의 뜻
무슨 바람이겠는지요

편지

돌아오지 않는 메아리를 기다리며
또 편지를 쓴다
받는 이들은 다 죽었다
그래도 편지를 쓰는 건
숨이 붙어있다는 것

책갈피에 넣어두었던 낙엽의 이름
순수한 사랑이었다
편지를 보내고 기다리는 일주일
가슴 설레이며 향긋했던 잉크냄새
단어 하나 글귀 하나 꼭꼭 씹어서
혼자만의 공간에 가둬 놓았다

떠나고 떠나서 감정도 떠나버린
늦은 가을 책도 사색도 그리움도
그저 아득한 시절로 날아가 버린 쓸쓸함이여

은행나무 잎새를 주워든다
쓴다, 또 쓴다
받을 이가 다 죽었다
그래도 또 쓴다
편지에 이슬이 맺혔다

이 밤 당신은

무슨 생각을 하십니까
그토록 길었던 여정 앞에 절벽이라면
쓸쓸히 눈물을 머금고 돌아서겠습니까
삶은 어찌 됩니까
누구에게 하소연합니까

하늘, 땅, 구름은 그 자리인데
당신은 무엇을 구하셨습니까
벌써 가을이 깊었는걸요
봄부터 기를 쓰고 자리를 잡은 풀들도
이제는 떠날 때가 된 듯하구요
그래요, 지금은 밤벌레도 울음을 멈췄어요
우리는 어떤 만족을 쫓았을까요

더 늦기 전에 아이가 되기로 해요
포장되지 않은 것들을 사랑하기로 해요
달리고 날아가는 세상시계를 돌리고
우리 초원을 걸어요
그냥 풀밭에 눕고 깔깔거리고
태초의 아담과 이브처럼요
이 밤, 당신과 똑같은 꿈을 꾸고
내일은 확 변한 옷차림으로 만나요

166

시 · 2

오라, 자유여
내가 날지 못하는 곳은 없으리라
깊은 바다는 어떤 침묵이더냐
아득한 우주는 무엇을 말하더냐

네 낡은 옷과 흙이 묻은 신발은
그동안 어디를 헤쳐 왔느뇨
수많은 사연과 애환, 사랑 부스러기도
한 가지가 되었을 터

가지마다 주렁주렁 열린 감
저들이 하나의 자랑으로 자리 잡은 시간
나의 시는 고목의 껍질을 보았던가

아, 찬비를 맞는다
시가 온통 물세례를 받은 후
정신이 든다
내가 시와 함께 추웠던 춤은 꼭두각시였다
다시 가리라
색동저고리를 입고 어린 시와 천천히 걸어보리라

기러기

너의 여정은
빛이더냐

그 먼 거리를 달려와
그냥 먹이라면
아쉽구나

하늘은 너에게 삶 말고
다른 말은 없었니

때가 되면 짝을 만나고
새끼 키우고 죽음이더냐
그 먼 여행길에
정말 아무 말도 없더냐

임성규 시집

바람

등에 바람을 진다
탁류와 먼지와 사사로운 것들까지
그냥 놔둔 채
신던 신발로 길을 잡는다
바람이 이끄는 대로 가다가
양 같은 사람 만나
그와 대처에서 바람을 치고
술을 안주삼아 마음 놓아 보리니
행복과 평화와 또 슬픔까지

부와 명예에 시달렸던 세월
바람인 것을
바람에 맞선 나날은
삶의 거세였다

그때 바람을 알았더라면
내 안에서 풀을 뜯는 양
아, 평화로웠으리

바람은 운명?

쉰이여

무엇이 그리 급해 달려 왔노

이제 조금 알 것 같은데
사랑이 좀 깊다는 거
맹신보다는 함께 갔으면

머리에 두서없이 서리는 내려앉고
자주 망각하는 자신감이
저 혼자 뛰어가네

누구와 승부했던가
이기고 지는 것이 그렇게 중요했던가
벌써 세월에 저당 잡힌 친구들
일부는 흙도 되었고 연명하는 이도

쉰이 까닭 없이 설움일 때
잘못 살았을까
더 슬픔인 것은 고백하지 못하는 고통
그래서 바람이 찬 게야

내 고해성사는 그저 부끄러움
한 철이 참 무겁다

해바라기와 해

나의 초점은 당신뿐입니다
볼품없이 기다란 목을 키운 것도
당신과 더 가까워지기 위함입니다
눈 뜬 그날부터 오직 당신입니다

바람과 비와 벌레들이 때로 귀찮게 했지만
시련이 오히려 성숙케 했습니다
당신을 꼭 닮은 내 얼굴
노랗게 꽃을 드리운 것도
당신이 기뻐하기 때문입니다

벌써 결실입니다
이제 내 의지와 별개로 고개를 숙입니다
환하던 나의 미소도 당신을 위한 차림도
늙은 비구의 기도로 행합니다

우린 이별이지만 쓸쓸하지 않습니다
소신껏 사랑하고 행복한 만남이었으니
그것으로 충분합니다
내 늙음은 허허로울 뿐 슬프지 않습니다
당신과의 만남 때문입니다

달

긴 시간
잘 있어 주었네

아픈 이의 호소도, 소원도
묵묵히 들어주었네

어느 날, 그대의 환상이 깨어졌어도
아름다웠네

과학에는 없는
가장 인간적인 것이 있었네

8월의 녹음

성숙했다
쓴맛 단맛 다 본 사상가인가
저 무거운 입
침묵의 깊이

바람의 너스레에도
그저 적이 쓴웃음을 머금을 뿐
흔들림이 없다
'당신은 언제 기뻐하오
슬픔은 왔다 갑니까
삶은 어떻소'

곧 단풍을 입으리라
그때 내 수의에 그대들은 환호할 터
마지막 불꽃은 황홀하다 하는가

나의 이별은 땅과의 약속이라네
흙에서 왔으니 흙으로 돌아갈 뿐
삶은 크게 기뻐할 것도 슬퍼할 것도 없다네
그저 아침이슬에 반짝이는 희망 같은 것

흑사병

무서운 병이 있다
아무도 믿을 수 없었고 내 핏줄과 이웃이
죽고 또 죽어갔다
실체를 알 수 없는 악마에 두려워 떨며
절망과 허탈감, 일부는 타락에 젖었다
신을 부르짖었으리라
응답은 요원하고 절망에
아무도 믿을 수 없었다
그렇게 인류는 병과 싸워 왔다

지금 우리가 메르스에 뚫렸다
위기가 닥치면 우왕좌왕
그렇듯 리더는 없었다
왜란에 조선이 갈가리 찢겨졌고
육이오에 처절한 아픔
준비는 없었다

밥술은 뜨는데
딱 거기까지인가
훗날 흑사병이 도래한다면
이 땅은 어찌 될까
저력?

방랑자

삶을 본다
가만 순탄한 날이 있었던가
이것이 업일까, 운명일까
아무도 내일을 모른다
그래서 삶은 희망이던가

생은 방랑이었다
나고 자리를 잡고 늙어 종착역으로 간다
쉼 없이 싸우고 미워하고 좌절하고
기뻐하다가 울부짖는다

부평초의 한 해는 최선이었다
남길 것도 인연도 덧없다는 듯
때가 되면 멈춰서 가라앉는다
그대는 부평초와 다른가

인간의 가치는 끝없는 추구
나를 알기까지 세월은 쉴 새 없이 흘러갔다
방랑자를 느낀 순간
나의 걸음에 늪이 조여 온다
부처의 미소를 본다

초인

그를 기다려 왔다

내 낡은 점퍼를 버리지 못한 것은
그를 맞기 위한 낮은 예의

퍼붓는 빗속으로 그가 올까
한겨울 삭풍에 그가 올까
가장 고독하고 시린 마음일 때
그가 오려나
아니 영영 안 올 수도 있을 것이다

희망을 버리지 못한 것은
절망이 두렵기 때문이다

저 광야 끝
이제는 인심도 메마른 늙은 아지랑이를
바라보며
상상의 나래를 펼쳐본다
그는 평화로 올 것이다

임성규 시집

노인의 폐지

노인이 폐지에 업혀 간다

저항은 슬픔일 뿐 시간을 담보로 굴려가고 있다
아득한 곳은 어디일까
돌아보지 않는 별의 뒤태에
하얀 수의 걸려 있어
오늘을 넘긴 내일까지
행운의 연장으로 기억될까

닳고 닳은 길은 겨울을 추스른 뒤
여름 장마에 삭은 몸을 애써 일으킨다

기억했던 모든 것이 기억 저편으로
주마등을 켤 때
노인은 굳어 있었다

행복의 편린과 고통의 무게들이
해 뜨고 지며
저 먼 모래톱으로 스며들어 가자
노인은 폐지에 업혀 버렸다

별의 뒤태에 걸린 수의는
노인을 보고도 외면한다

독도

이 밤 외로움이 극에 달아 철천지한을 부르짖어도
들리는 건 파도와 모친의 절규
멀리 있기에 시린 손을 보고도
가슴으로 울어야 했던
반도의 기나긴 넋

맨 처음 하늘과 땅이 열리고
호랑이 기세로 태어난 너
세상의 온갖 미움과 질투가 만연할 때
홀로 학이 되어 뭇시선에 평화가 되었으리라

속 깊은 정을 푸른 멍으로 말하다가도
하루의 해를 안고 이 땅의 길잡이 되어
반도의 영혼을 깨운다

희생에 또 희생을 다하였건만
설움의 아들로 고혼이 된 청년들처럼
너는 지금도 찬 서리를 맞고 있다

178

해송

늦가을 바다는 초췌했다
듬성히 먹구름 새로 해는 지쳐 있었고
먹빛 파도는 한 많은 머슴의 악다구니였다

희미하게 대열을 정비하는 기러기 떼들
살기 위한 몸부림이라면
바다는 포용이 없었다

분명 풍요를 그리고 왔으련만
한껏 겨울에 젖은 쓸쓸한 저변에
그들의 노랫가락도 늙은 작부의 고단함처럼 들렸다

그때 해송의 우직함이
긴 세월을 달래고 있었다
험난한 해풍에 맞서 오직 살기 위한
간절함으로 버텨
그렇게 몸통이 굵어지고
바다를 이해한 바 미움은 덧없으리라

시련이 깨달음의 깊이라면 철새의 여정도
고단한 생의 부분일 뿐
저 먼 평원에 안식을 맞으리라

임성규 시집

파도어

•

지은이 / 임성규
발행인 / 김영란
발행처 / **한누리미디어**
디자인 / 지선숙

•

08303, 서울시 구로구 구로중앙로18길 40, 2층(구로동)
전화 / (02)379-4514, 379-4519
Fax / (02)379-4516
E-mail/hannury2003@hanmail.net

•

신고번호 / 제 25100-2016-000025호
신고연월일 / 2016. 4. 11
등록일 / 1993. 11. 4

•

초판발행일 / 2017년 4월 25일

•

ⓒ 2017 임성규 Printed in KOREA

•

값 10,000원

•

※잘못된 책은 바꿔드립니다.
※저자와의 협약으로 인지는 생략합니다.

•

ISBN 978-89-7969-740-7 03810